それぞれの日々、それぞれの時

大城貞俊

インパクト出版会

目次

プロローグ

幾山河越えさり行かば寂しさのはてなむ国ぞ今日も旅ゆく

若山牧水

戦後八十年、私の感慨はこの言葉がぴたりと当てはまる。ぴたりと当てはまることが悔しい。言葉にはできない様々な喜怒哀楽も軌跡もあったはずなのに、自らの言葉が拾えない。言葉は親切ではない。言葉はいつも私を裏切る。もちろん、裏切るのは言葉だけではない。

脳裏に浮かぶ無数の人々の顔がある。私の人生で出会った人々、去っていった人々、様々な人々が微笑や苦笑を浮かべて記憶の海から立ち上ってくる。幾山河越えさり行けども過ぎ去った日々は懐かしい。様々な出会い、様々な別れがある。幼いころの泣き顔、青春期の苦悩、不惑の年齢での戸惑い、しわ寄った顔。私もまた多くの顔を作ったのだ。

しかし、あの世にいる父や母は違う。死んだ父や母はいつも笑みを浮かべて両手を広げて私を待っているような気がする。こちらの世界ではきっと私と同じように幸せも不幸もあったはずなのに笑みを絶やさない。向こうの世界が私の傍らにある。それでも、いやそれだからこそ、温かい風が私を包むのだろうか。私も死を待つ年齢になったのだ。

私の軌跡には、父や母の期待に応えられずに、心配ばかりかけた日々が多く刻まれている。言葉に裏切られたのではなく、自らを語る言葉を失ったのだ。父や母を悲しませ、父や母の期待を裏切ったのは、私ではなかったか……。

葉子は大きな溜息を漏らす。窓から見える目前の風景は葉子を慰めてはくれない。沖縄県沖縄市にあるT病院9階東棟102号室。葉子八十九歳。入院して三週目だ。ベッドを少し起こし、身体を起こして病衣からはみ出た脚を擦る。今では骨と皮だけになって干からびた脚。弟の俊樹が見舞いに来て両手で擦ってくれた脚。まだらな黒い斑点が露われて醜くなっている。幼いころにパラオのジャングルを歩いた脚だ。高校生のころには、テニスに夢中になって土のコートを駆けた脚だ。男の人の手が触れて、独りでにぴくぴくと弾んで恥じらった脚だ。あのころの夢はみんな遠い所に行ってしまった。

目の前に聳える県内最大のリゾートショッピングモール「イオンモール沖縄ライカム」が

オープンしたのは確か二〇一五年の四月。米軍に接収された土地が返還されてその跡地に建設されたものだ。米軍に使用されていた土地が返還された喜びと、巨大なショッピングモールが出現した驚きに県民の多くが戸惑いの溜息を漏らしたはずだ。

この商業施設沿いの南北に走る道路を挟んでT病院は新設された。T病院は一九八八年に沖縄市に開設されていたが、現在の地に移転されたのは「イオンモール沖縄ライカム」が開設された翌年の二〇一六年四月であった。そのころ、葉子は一人で東京で暮らしていた。惨めな日々の感慨もあったが、まだ希望は残っていた。

葉子の父大浜禎治郎と母久江は大正三年と五年の生まれだ。二つ違いの両親だったが、二人を結ぶ強い絆を目にして何度か涙ぐむこともあった。同時に二人の絆に負けないほどに葉子も家族を愛し両親を深く敬愛していた。誇れるものと言えば、この思いだけかもしれない。

風樹の嘆とよく言われるが、父や母はもういない。葉子も米寿を越えた。葉子が長女で、次女が峰子《みねこ》。下に弟たちが順に禎一、健治、俊樹、幸造、そして卓郎だ。生まれた順序と違って死は順序よく訪れたわけではない。禎一は両親や私よりも先に幼いころにパラオで亡くなった。戦後沖縄へ引き揚げて来た後、父は日本復帰後の昭和五十三年死亡、母は父の死から二十年後に死亡した。弟の健治は多くの病を抱えて二〇一〇年に亡くなった。父や母の後は私から順序よく逝くべきだったのだと思う。悲しみは残された者が背負うのだが、家族の死を最も多く背負うのは最も年下の卓郎とは限らない。

俊樹が、病に伏す私の無聊を慰めるためにと、ベッドの上に置いていった本をめくる。俊樹の著書だ。タイトルは『遠い夢・近い夢』。

俊樹は高校生のころ、私の本棚から、私が買い揃えた『日本文学全集』や詩集などを少しずつ抜き取って読んでいた。やがて教職に就きながら、詩や小説を書き始めた。そして幾つかの作品が県内外の文学賞を受賞した。

「姉さんのおかげだよ」

俊樹は感謝の言葉を私に述べるが、私の本棚から学んだとしたら私の誇りだ。

私もまた父の本棚から多くのことを学んだ。若山牧水の歌集を手に取ったのも父の本棚からだ。

私の戦後八十年。私は何を学び、何を残せるのだろうか。私の本棚はもうない。私の記憶も、もう薄らいできた。妹の峰子も八十歳を越えて認知症の症状が出てきて家族を悩ませている。死を待つ年齢になったのだ。私も峰子も人生を振り返る断捨離の世代だ。疎遠になってゆく子どもたちや孫たちに疎んじられる世代だ。

窓の外が見たい。葉子は俊樹が帰っていった後、再びベッドから身を起こし、数歩歩いて窓辺に立った。階下には大きな駐車場が見える。色とりどりの自動車がマッチ箱のように並んでいる。いや四角い虫たちの墓場だ。せわしく動く虫たちもいるが、死んだ虫もいる。どんな風景でも老いた瞳にはやはり辛い。

目を細める。それでも見える風景がある。道路の脇には幾つかのマンションが建ち並び、日々新しい風景を作っている。さらに目を細めて遠くを見る。山の緑か木々の緑か、おぼろな緑が目に映る。二本の脚が身体を支えきれなくなって崩れ落ちそうになる。もうすぐ九十歳を迎える干からびた身体は軽いはずなのに、身体を支えるのが困難になっている。

目を閉じる。遠い風景も近い風景も、遠い夢も近い夢も、すべての記憶がまだらになって覚束ない。私の周りで生きた人々、私の家族、私の出会った人々……。それぞれの日々、それぞれの時が、私を慰めてくれる。人を愛することの大切さを知り、生きる知恵を学んだ日々……。私、大浜葉子、嫁いで与那嶺葉子、九十歳を迎える人生の幾山河だ……。

第一章

1

葉子は一九三七（昭和十二）年、父大浜禎治郎、母久江の第一子として沖縄県国頭《くにがみ》郡金武《きん》村で生まれた。金武村は二〇二五年現在、米軍の基地キャンプ・ハンセンがあり、金武町として世帯数約四、六五七戸、人口一〇、八〇〇人余の基地の町である。沖縄本島の中央部からやや北側の東海岸に位置し、沖縄の特異な歴史や時代の波をもろに被って変遷を余儀なくされた町だ。

沖縄本島の北部は国頭郡と呼ばれ、またヤンバルとも呼称される。金武町は国頭郡の最南端に位置する自治体である。金武湾に面し、対岸に勝連半島を望み、沖には平安座島・宮城島・

伊計島を望む。背後には恩納《おんな》岳の峰々が連なり、越えると西海岸の恩納村に接する。

金武町に人々が住み始めたのは、歴史書などによると億首川《おくくびかわ》周辺で土器などが出土していることから縄文時代と考えられているようだ。その後十一〜十二世紀に始まったとされるグスク時代を経て、十五世紀中ごろには首里王府が琉球を統一する。王府の時代の十七世紀中ごろには現在の金武町と宜野座《ぎのざ》村をあわせた範囲を金武間切と呼んでいたという。

ペリーを司令官とするアメリカ東インド艦隊が那覇に寄港したのは、一八五三（嘉永六）年五月二十六日である。浦賀に入港するひと月前だ。ペリー一行は「大琉球奥地踏査隊」を編成し各地に派遣する。ペリーの航海記には金武番所や金武観音寺の様子も記録されているという。金武番所は今まで見たどの建物よりも大きく立派で、私宅らしく花園があり、またジャスミンの垣で囲まれた召使いの家も別にあった、と記されているようだ。

一八七九（明治十二）年、琉球王府は、鎖国を解き急速に力をつけていく明治政府に併合され消滅する。この出来事は「琉球処分」と呼ばれ、以後沖縄県として日本国の傘下に組み込まれる。

一八九九（明治三十二）年十二月五日には、沖縄県から初めての海外集団移民が、金武町出身の當山久三《とうやまきゅうぞう》氏の斡旋により那覇港から出発する。沖縄移民は横浜港でチャイナ号に乗り替えてハワイへ向かい、翌一九〇〇（明治三十三）年一月八日ホノルル港に到着、オアフ島のサトウキビ耕地で二十六人が契約移民として働き始める。このうち十人は金武出身の二十代から三十代の男性であったという。

海外へ移民した人々は、成功すると沖縄の家族らへの送金を絶やさず、その総額は一時、県歳入の六割以上を占めるほどになり、窮乏する沖縄社会を助けることになる。日米開戦によって一九四一（昭和十六）年に海外移民が打ち切られるまで、金武村は移民を送り出す中心的な役割を果たす村となる。ハワイをはじめフィリピン、北米、ブラジル、ペルーなどへ総数三、二二五人を移民として送り出す。

太平洋戦争が始まると一九四五（昭和二十）年一月から日本軍の震洋特別攻撃隊が金武と屋嘉《やか》村に駐屯する。同年三月末から米軍による空襲と艦砲射撃が始まり、金武村の住民村内に疎開していた人々は、屋敷内に掘った人工壕やガマ（洞穴）と称せられる自然壕、そして山奥に造った避難小屋などに避難を始める。同年四月一日に沖縄本島中部西海岸の読谷《よみたん》村などに米軍が上陸、金武村は四月五日に占領され、米軍による沖縄の占領支配が始まる。金武村には屋嘉収容所が設置され、投降した非戦闘員、朝鮮人、日本兵が分別されて収容される。

また、米軍は沖縄侵攻と同時に基地建設を始め、金武村には金武飛行場（現キャンプ・ハンセン）が建設され、一九四七（昭和二十二）年からは射撃演習場としても利用される。

戦後、米軍の占領と基地建設が続き、農地や宅地が米軍用地として没収される。各地に散在していた人々が収容所から解放され自らが住んでいた村に戻って来ても、元の居住地には戻れず生活を再建できない住民が多く出る。一九五〇（昭和二十五）年に発足した住民側の民政機構である沖縄群島政府は、沖縄を占領統治する米軍政府の意向にへつらうように「沖縄の経済的自立の要因は過剰人口の対策がその基盤となる」との認識を述べ、戦後も再び海外移民を推進する方針を固める。さらに発足した琉球政府は、一九五四（昭和二十九）年から計画移民としてボリビアの移住地へ沖縄住民を送り出す。また日本政府の補助を受けてボリビア以外の国にも移民を送ることになる。その中心的な役割を再び金武村の人々が担っていく。一九七二（昭和四十七）年の日本復帰までに、金武村から六十二家族二〇二人がボリビアやアルゼンチン、ブラジルなどに移住する。

現在の金武町はリゾートエリアとして著名な「恩納村」の反対側にある東海岸に面し、米軍基地キャンプ・ハンセンがあることから、アメリカ文化を色濃く受けているのが特徴だ。米軍用地は、町の面積の約六〇％を占める。米軍基地ゲート前の町は「新開地」と呼ばれ、生活に根付いたアメリカ文化を感じられる光景が広がっている。

また、「金武小学校」にある校舎は、一九二五（大正十四）年八月に竣工し、校舎としては沖縄県内初の鉄筋コンクリート二階建であった。

禎治郎と久江の結婚生活は、この地でスタートするのである。一九三六（昭和十一）年、禎治郎二十二歳、久江二十歳の若い二人の出発の地だ。また、金武村は禎治郎が教員生活を始めた地であるだけでなく、奇しくも終えた地にもなった。そして葉子は一九三七（昭和十二）年、この地で生まれ、日々の時を刻んでいくのである。

禎治郎と久江の結婚には様々なエピソードがついてまわっている。二人は金武町よりもさらに北部に位置する国頭郡大宜味《おおぎみ》村の生まれである。二人は故郷を同じくするも、禎治郎は百姓（漁師）の末息子で、久江は首里士族の流れを汲む富岡家の末裔であったからだ。当時は学校から配布される通知表にも身分を記す欄があり、身分を越えた二人の結婚は珍しく話題になったのだ。

久江は八人兄妹の三女だが、久江の兄、姉が語る二人の恋愛逸話には限りがない。例えば、禎治郎は久江に逢うために、庭に鶏を放ち、その鶏を追いかける仕草をして富岡家にやって来たとか。また人目を忍んで夜陰に紛れ、当時は珍しかったブロック塀を跳び越えたものの着地に失敗して尻を打ち大騒動になったとか。いささか尾びれが付いて誇張され、笑い話にされていたのかもしれない。

しかし、二人の婚約を知って、隣村の若者たちは「禎治郎が久江をトゥジ（嫁）にすることができるのなら、ワンガ（俺が）トゥジスタルムヌ（嫁にしたのになあ）」と地団駄を踏んで悔しがったともいう。それほどに久江は美しく品があり、それほどに禎治郎は貧しかったのだ。

当時、村人の間では、身分や階級意識が強かった。昭和の時代になっていたが、士族と平民の区別は、まだはっきりとあった。同じ村で生まれ育っても、嫁取り婿取りは士族と平民の間では困難であったようだ。そして結婚は親同士で決めることがほとんどであった。

また、王府の時代には、結婚は部落内の男女の間で行われ他部落の者との結婚は禁じられていた。明治の中期ごろまでは、その風潮が色濃く残っていたと言われている。他の部落や間切りから嫁をもらうときは「馬酒代」として多額の金を支払わなければならなかったという。その理由は首里王府のころには間切りごとに割り当てられる賦役《ふえき》が多かったからだという。貧困で賦役の多い村人にとって、女であっても労働力を失うことはそれだけ労力の負担が村人にかかってくることになるからだ。そのため他部落へ嫁ぐ女を少しでも制限しようとしたのがこの慣行であったとも言われている。

このような慣行が昭和の十年代まで残っていたとは思われないが、いずれにしろ、禎治郎の情熱は、ブロック塀の壁だけでなく身分の壁をも越えたのだ。禎治郎が久江宛の恋文を何通も書いたのは確かなようである。その思いに久江は応えたのだ。

禎治郎は終生久江を深く愛していた。久江もまた禎治郎を信じて生きてきたのだ。二人の軌跡を見ると、このことが痛いほどに分かる。還暦を過ぎてすぐに亡くなった禎治郎だったが、久江はその遺影を抱きしめるように、その後の二十年余も生きてきたのだ。その歳月は人生の幸せと残酷さを示しているようにも思われた。

2

若い禎治郎は、久江との逢瀬が楽しかった。逢う度に、沼地から湧き出てくる泡が、ぽかりぽかりと湖面に顔を出すように、夢が一つ、二つと生まれてきた。思ってもみなかったことだ。愛しい人と暮らすということは、夢が生まれるということのようにも思われた。そして、その夢はいつしか一つの事に焦点を合わせるようになっていった。

「なあ、久江、ぼくは漁師をやめるよ」

「えっ、どうして?」

「お前を幸せにしたいからさ」

「私はあなたと一緒にいれば、それだけで幸せなのよ」

「有り難う。でもな、もっと大きな幸せがあるような気がするんだよ」

「大きな幸せ?」

「そうだ。うまく言えないけれど、幸せが、ずっと続く幸せ」

「うーん、なんだか幸せそう」

「えっ?」

「そんな話をしているあなたが」

「うん、実際楽しいんだよ、夢を話すことがな。お前といると夢が作れるんだよ」

「それは、きっといいことなのよね」

「そうだよ、いいことだよ。お前といると、いつでも夢を耕すことができる」

「なんだか、おかしい」

「えっ、何が?」

「夢を耕すっていう言い方が」

「そうか、そうかもな。恋をすると詩人になるのかもな。でも夢は植えて育てる。だから育てる畑を丁寧に耕す」

「あれ、そうだね」

二人は顔を見合わせて笑い声をあげた。

禎治郎は大宜味尋常小学校を卒業すると、父禎助のサバニ(小舟)に乗り込んだ。禎助は、大正期に村で購入した「雄大丸」の船長を務めるほどの腕利きの漁師だ。当時鰹漁《かつおりよう》がうまくいき豊漁が続いたので、村はさらなる収益を見込んで共同で出資して鰹漁船「雄大丸」を購入した。さらに鰹工場まで建てた。

しかし、時代があわなかった。大正期の不景気の波を小さな村までが被り、豊漁が続いても値段が暴落し利益は上がらなかった。やがて村人は観念して「雄大丸」を手放し、鰹工場を取り壊した。

禎助は今は自らのサバニ（小舟）に乗り、村人と力を合わせて「アギエー漁」と呼ばれる漁法で海中に網を仕掛けてグルクン（タカサゴ）などを追い込む漁に従事していた。父のサバニに禎治郎も乗り込んだのだ。

禎治郎は笑顔を収めて唇を強く結んだ後、久江に告げる。

「父親孝行だと思ってサバニに乗ったが、やはり将来が不安だ。漁業は、この村では不安定な職業のように思う。海は魔物だ」

禎治郎にも、村の発展は父たちが生業とする漁業が支えてきたことは重々承知していた。しかし、久江との将来を考えると、一生漁業を生業とするには不安が大きかった。

禎治郎が生まれた大宜味村大兼久は、峻険な山を背にしてすぐ目前には海が広がっている。それゆえに平地が少なく農耕では生きていけずに、必然的に広い海に出なければならなかった。漁業といってもその昔はクリ船一隻による原始的な漁法のシンクマー（潜り漁）やイノーワザ（浅瀬での魚介採集）などで、思うような収入も得られなかったようだ。

明治の初期ごろに、当時漁村として潤っていた糸満から最新式の漁法を学び取り入れた。網を使ったアギエー漁（追い込み漁）であるが、これが効を奏した。二、三十人余の人数で一組を作り、夜明けと同時に集団で沖に向かい、網を入れて、気合いをかけて海中に飛び込み、スルチカー（海底の魚を網へ追い込む道具）を手に持って魚を袋網に追い込むのである。協力を厭わない村人の気質とも相まって豊漁が続いた。

大漁旗を掲げて船を浜に漕ぎ着けると、浜で待つ村のアンマー（主婦）やメーラビンカー（娘たち）が先を争って背負い籠に海の幸をいっぱい詰め込み、近隣の村へ売りに出かけた。

「ユーコーミソーリ。イマユーヤイビンドー（魚を買いませんか。新鮮な魚ですよ）」

女たちは声を張り上げて村々を駆け回った。近隣の村だけではなく、時には羽地、今帰仁《なきじん》、名護など、他の市町村まで進出して売りさばき、いつの間にか、郷里大兼久は県内でも有数な漁村として名を轟かせていた。

このようにして富を築いていった先人たちは、漁業だけでなく他部落へ進出して農耕地を買い求め、さらに安定した収益をも得るようになる。「兼久フクター」（大兼久の貧乏人）という汚名も返上し、大正期になると、子弟教育の振興へも目を向けるようになっていくのである。

また大正の中期ごろからは、糸満漁師とともに県外漁業へも進出する。九州の五島、壱岐、対馬、朝鮮の済州島、隠岐周辺にまで出漁し、大成果をあげる。そのメンバーには禎助だけでなく、禎治郎の兄、禎吉も加わっていた。その余勢をかって村の有志が協力して大正十二年に

「雄大丸」が購入されたのだ。しかし、不景気の波で雄大丸の操業は四年ほどで終わった。

村の漁師たちは、新しい漁場を求めて県外や南洋の地へ渡っていく。禎治郎の長兄禎吉も一大決心をする。昭和六年、数人の仲間と共に、村人の先陣を切って、パラオに渡ったのである。禎吉たちの目論見は的を射た。豊漁が続き瞬く間に富を手中にしたのだ。

禎吉は漁業だけでなく、貸家業、砂利販売業、養豚業など、現地の島民をも雇用しながら手広く商売を始め、さらに財を蓄えていった。

他の仲間たちもパラオの好景気に、家族や友人、親族たちを次々と呼び寄せた。昭和十一年ごろには、大兼久の四十世帯ほどがパラオに移り住み、一二〇名ほどの村人たちが暮らしていたという。パラオに、もう一つの郷里の村ができるほどで、パラオからの仕送りで村の経済が支えられるほどであったという。

禎治郎には、長兄の禎吉の他に二人の兄がいた。男だけの四人兄弟である。次兄の禎勇は海軍の軍艦に乗っていた。三兄の禎蔵は県立師範学校で学び教師の道を目指していた。

禎治郎の家は貧しかった。貧しさゆえに禎吉はパラオに渡り、禎治郎も老いた禎助からサバニを譲り受ける目算を立て、親孝行とも思いサバニに乗ったのだ。禎治郎は苦労している両親を楽にさせるためにも、すぐにでも現金収入が欲しかったのだ。

しかし、漁業で生計を立てていくことは容易でないことがすぐに理解できた。理解できただけに久江を幸せにするためには、他の道を探さなければならないと思ったのである。

そのころ、久江は村の共同売店の売り子をしていた。学業が優秀で聡明な子であるとの評判もあり、村人からの信頼も厚く、尋常小学校を卒業すると、間もなく共同売店で働くようになった。共同売店は区長が売店主任も兼ねていたが、区長の信頼も厚かった。

しかし、久江にも小さな夢が芽生えつつあった。卒業後、仲間たちの多くが村を離れ本土の紡績工場などへ働きに出るのを羨ましそうに見つめていた。久江もいつの日か、まだ見ぬ本土への就職を夢見ていたのだ。そんなころに、禎治郎から恋心を打ち明けられたのだ。久江の心も、いまだ揺れていた。

禎治郎の心もまた揺れていたのだ。禎治郎は両親との暮らしを選び、漁師になることを決意したが、兄たちのように家を飛び出したかった。しかし、両親の寂しそうな顔を想像すると、なかなか決心がつかなかった。また、久江のいる郷里を離れたくなかった。このことが最も大きな理由であった。ところが今、久江と一緒に夢を耕す日々を手に入れると、一日も早く久江と築き上げる新しい家族の青写真を描きたかった。

「それで、漁師を辞めてどうするの?」

「教師になりたい」

「えっ」

「安定した収入を得てお前を幸せにする」

久江が、本土行きを諦め、禎治郎の嫁になる決意をしたのはこの時だったかもしれない。禎治郎の自分への一途な思いが、久江には嬉しかった。まだ世間の厳しさを知らなかったとは言え、二つ年上の禎治郎と歩む人生は輝いて見えた。禎治郎も久江もまだ若かったのだが、夢が次の夢を生んでいく人生があるようにも思われた。

「有り難う。素晴らしい夢だわ。植えるに値する夢だわ、私も一緒に夢を耕すね」

「夢を植える畑を耕すの」

「海は、耕せないかもね」

二人はまた顔を見合わせ、笑い声をあげた。

「でも、教師になるには首里にある師範学校に行かなければいけないのでしょう？」

「そう、そこなんだよ、そこが問題だ」

父の禎助は、禎治郎の夢を、すぐには肯《うべな》わなかった、

「禎治郎よ……、家には金がないのはお前も知っているだろう。禎蔵とお前の二人を同時に県立師範学校で学ばせる力は、お父にはないよ。漁師は見通しの立てられない生業だ。お前が村を出るのは賛成するが、金は出せない。末っ子のお前には、しわ寄せが来てしまったが、事情を察してくれ」

禎治郎は事情を察することはできたが、我慢ができなかった。郷里の先輩や学校の先生を訪ねて、自分の思いを述べ教師になる道を探り、意見を求めた。その一人に鹿児島高等農林学校で学んでいる帰省中の先輩がいた。

「県立師範が駄目なら嘉手納農林はどうだ。学費も安いはずだ。働きながらでもなんとかなるはずだ。俺も嘉手納農林で学んで今は特待生で鹿児島高等農林で学んでいる。努力すれば道は開けるよ。農業技師の資格を持てば、教員ではないが、公務員への道もあるはずだ。公務員も景気に左右されずに続けられる充分に安定した仕事だ。どうしても教員というなら、金を貯めた後に師範学校で学び直して教員の資格を取ればいいだろう」

禎治郎は小躍りした。もう一度父親を説得した。父禎助は、禎治郎に謝りながら肩を叩き了解してくれた。

「分かったよ、末っ子のお前には苦労をかけるな。お母もお前のことを心配している。お母もきっと賛成してくれるだろう。頑張ってみろ。お父もできるだけの援助はする」

禎治郎はすぐに久江にこのことを告げた。久江も喜んだ。それと同時に思いも寄らない緊張感に包まれた。そんな緊張感の中で、久江はもう一人ではないことを自覚した。夢に向かって二人の一歩が踏み出されるのだ。久江にも禎治郎にも漕ぎ出す船が見つかり、目的の島が見つかったのだ。久江はきっと自分にもできることがあるように思った。禎治郎の夢は久江の夢であることもはっきりと自覚した。

禎治郎は一念発起、嘉手納農林学校への入学を目指して猛勉強を始めた。幸いにも村には「人材をもって資源となす」という村是があり、先輩は後輩の勉学の手助けをする慣習が根付いていた。禎治郎は昼間はサバニに乗ったが、夜は村会議員をしている先輩の家へ通い、助言を受けながら勉学に励んだ。上級学校への進学を目指している村の先輩たちも一緒だったが、半年後、禎治郎は見事に嘉手納農林学校へ合格した。

「久江、一歩前進だよ。農林へ合格だ。三年間だ。ぼくが卒業したらすぐに結婚する。就職と同時に結婚だ！」

禎治郎の声は弾んでいた。

「うん、おめでとう。嬉しいわ。大きな幸せが手に入るんだね」

「そうだよ。待っててくれるよね」

「もちろんよ。私にも夢ができたんだね」

久江も、しっかりと笑みを浮かべていた。

「でも、やっぱりおかしいわ」

「何が？」

「入学する前に、もう卒業の話なのね」

二人はまた声をあげて笑った。若い日のこのようなたわいもない日々が、老いるとかけがえのない貴重な日々になるのだ。このことに気づくには、二人はまだ若かった。

3

禎治郎が久江との日々を夢見て学びを始め、嘉手納農林を卒業する年に、奇跡とも思われる朗報が飛び込んできた。県立嘉手納農林学校の敷地内に、校舎を利用しながら県立青年学校が開校されたのだ。県立青年学校は県立師範学校とは別のもう一つの教員養成所で、県内の教師不足を補うためのものだった。

禎治郎は天が味方したと思った。信じてもいない神様に感謝した。教師になる夢は、何度も久江に語ってきたことだ。卒業後に採用が内定していた県の農業試験場を辞退し、再び青年学校で学び直すことにした。教師になる道が一気に開けたのである。禎治郎は先輩の助言に感謝し、お礼の手紙を送った。先輩は鹿児島高等農林学校を卒業して四国愛媛の県庁職員として働いていたが、すぐにその才能が認められて国の農林省に勤めていた。

父禎助も母ウトも、そして久江も、禎治郎の青年学校で学ぶことを喜んでくれた。禎治郎と久江は両家に認められた許婚者になっていた。サキムイ（結納）も交わし終えていた。

禎治郎は教師としての知識を身につけるための新たな学びが楽しかった。隣接する読谷村《よみたん》の小学校で教育実習を行った。胸が高鳴り夢が弾んだ。やはりグルクンを追いかけているよりも子どもたちを追いかけているほうが数段も楽しかった。子どもたちは可愛かった。久江と二人で夢を耕し夢を育ててきたが、紛れもなく大きな幸せを手に入れる一歩が刻み始められていることを実感した。

禎治郎は一九三六（昭和十一）年、青年学校を無事卒業した。禎治郎二十二歳、久江は二十歳になっていた。卒業後、二人は約束したとおり、禎治郎の実家で祝宴をあげて結婚した。禎治郎の三人の兄、禎吉、禎勇、禎蔵の全員が祝宴に参加してくれた。とりわけパラオから祝いに駆け付けてくれた長兄禎吉の参加は、禎治郎にも嬉しかった。

結婚式当日は村のしきたりに従った。結婚式はニービチ（根引き）とも呼ばれ、まず大安吉日を選んでニービチの日を決める。満ち潮の時間に婿方から花嫁を迎えに行く。婿側から三組の夫婦が代表になり、その伴《とも》に数人の親戚が続く。花嫁を迎えに来たあいさつを交わし仏前で祖先の霊に報告祈願をし、火の神を拝む。花嫁の準備ができたら、花嫁と両親との親子別れの杯を交わし、家を出る。婿の家に着くまで花嫁は寄り道をしない。

新郎の側の三組の夫婦を先頭に新婦や新婦の両親、親族が後に続き行列を作る。行列は「ニービチ歌」を歌ったり、笛を吹いたり掛け声をかけたりと賑やかな振る舞いをしながら新郎の家まで戻る。婿側の家族、親族も家の門まで出て花嫁を迎える。「ニービチ歌」である嫁側の送り歌と婿側の迎え歌が交互に交わされる。

嫁側の歌
黄金《クガニ》わが生《ナ》し子《グワ》、姑《シトゥ》の家《ヤ》にやらち（黄金のように育てたわが子を嫁にやります）
姑の家のあんま　思《ウム》てたぼり（姑になるお母さん、どうか可愛がってください）

婿側の歌
黄金嫁《クガニユミ》やむぬ　銀金嫁《ナンジヤ》やむぬ（黄金のような嫁、銀の玉のような嫁だもの）
くりゆかん深く　思《ウム》いどしゆる（どんな宝物よりも深く、愛おしみますよ）

新郎の家に入った新婦は仏間で舅《しゅうと》、姑《しゅうとめ》と引き合わされる。それから舅、姑に導かれて仏間とカマド（竈）の火神《ヒヌカン》にウガンをし、嫁に来た報告と一家の健康と繁栄を祈願する。そして夫婦契りの杯を交わす。

その後は披露宴が催される。婿側が準備したご馳走が来客に振る舞われ、祝賀の舞が披露され余興が繰り広げられるのである。

禎治郎も久江も、この村のしきたりに厳粛な思いで従った。久江は母を早くに亡くしていたので父への感謝の思いがあふれてきて何度も涙を堪えた。禎治郎もまた新しい家族を作る決意と注がれる杯の泡盛を飲み干し頬を赤らめていた。

長兄の禎吉からは賑やかな酒宴の最中に「パラオに来ないか」と誘われた。

禎吉と禎治郎はとりわけ兄弟でも仲が良かった。笑みを浮かべて曖昧に断ったものの、この日から五年後に禎治郎がパラオに行くことになるとは、二人ともまだ想像もしていなかった。禎治郎には青年学校卒業と同時に、金武尋常小学校での教員採用が決まっていた。

祝宴が終わって数日後、教師として金武村に赴く禎治郎と久江の出発を、父禎助も母ウトも、そして村人の多くも禎治郎の実家の門前にやって来て、旅発つ若い二人を励ました。恒例の「だんじゅかりゆし」の歌を歌い、手拍子を取り、踊りながら見送ってくれた。

だんじゅかりゆしや　(縁起の良い日を)
いらでぃさしみしぇる　(選んで、今出発する)
ふに(船)ぬちな(綱)取りぃば　(船の綱を取ると)
かじや(風は)まとむ(真艫)　(風は順風)
サーサーかりゆし　(サーサー　めでたいことよ)

綱取ゆる（ちなとぅゆる）船ぬ　（とも綱を取った船は）
ゆ（止）してぃ　ゆしらりみ　（止めようとしても止められない）
いもちもり里前（さとぅめ）　（行っていらっしゃい大切なお方）
御待ち（うまち）さびら　（お待ちしております）
サーサーかりゆし　（サーサー　めでたいことよ）
……

父禎助の大きな身体と母ウトの小さな身体が輪の中で両手を上げて踊っている。

禎治郎の脳裏に、父禎助の人生が浮かんできた。禎助は漁業一筋の男であった。その腕と実直さが村人に認められて「雄大丸」の船長にもなった。身体が大きいこともあり、村からの最初の徴兵者であった。日露戦争に参加、乃木希典軍直属の兵士として旅順攻撃にも参加した。

禎助は多くを語ることはなかったが実直な性格は禎治郎にもしっかりと伝わっていた。貧しさに負けることなく妻ウトを愛し、家族を愛したのだ。そして、自分のために蓄えた金を惜しみなく使って盛大なニービチの宴席をも作ってくれたのだ。

禎治郎の目頭が思わず熱くなってきたが、それと同じほどに新しい家庭を作る決意に胸を熱くしていた。若い禎治郎と久江の日々が、大きく動き始めたのである。

4

一九三六（昭和十一）年四月、禎治郎は金武尋常高等小学校訓導の辞令を受けて赴任した。郷里を離れた金武の地において新婚生活と教師生活が同時にスタートしたのである。

金武尋常小学校は一八八二（明治十五）年三月十五日、金武番所内に創立され、一九〇二（明治三十五）年四月には高等科を併置して金武尋常高等小学校となっていた。一九二二（大正十一）年十月十五日に火災のため全焼したが、一九二五（大正十四）年八月には、当時最も早い時期での鉄筋コンクリートの二階建て校舎が建設され威風堂々と建っていた。禎治郎が赴任した一九三六年当時も全校生徒が八〇〇名を越える大規模校であった。

禎治郎は高等科一、二年男女四学級の農業科主任であった。理論的学習と実践技術の学習を織り込みながら年間の授業計画を作成した。特に実習地が広く遠隔地にまで散在していたので、いかにして有効的に理論と実践を取り組むかを工夫した。そのために団体作業と個人作業に分けて競争意識を喚起することを思いついた。メリハリをつけながら知識と技術を習得させ、責任感と協調性を養わせたいと考えた。

実習ではサトウキビやサツマイモ、水田での田植えや除草、防虫駆除、そして蔬菜栽培を中心とした取り組みを行った。教室ではあまり目立たない子が田畑ではリーダー格になりそれぞれの特性を発揮している姿を見るのは楽しかった。

久江も禎治郎を支え、新しい環境での生活に慣れることに努力した。またこのことが久江には嬉しかった。

「ねえ、あなた。今日はあなたの学校の子どもたちが、トマトとキャベツを持ってやって来ましたよ」

「えっ、そうなの、それは知らなかった」

久江は、学校から帰ってきた禎治郎に笑顔で話しかける。

禎治郎も笑みを返す。

「ぼくに誉められようとして勝手にやったのかな」

「あれ、私は、あなたが届けさせたのかと思ったわ」

「他の先生の所に届けさせたことはあるけれど、自分の家にはね」

「子どもたちは得意がっていましたよ」

「そうか。それは良かった。子どもたちが喜び、自信をもって自らが育てた作物を届けているのなら嬉しいことだ。子どもたちにはそれぞれのグループで生産目標を立て、それを突破した分は自由に家に持ち帰ってもいいと言ってある。さらに多くの収穫があると、金武大通りの市場で販売したり、職員の住宅などを回って届けさせたりしているんだ」

「そうなの、よくできたお野菜ですよ」

「そうか、それは良かった。一所懸命頑張っている子どもたちは可愛くてね」

「ええ、そうですね」

「植物の発芽の条件は三要素。温度、空気、水分が必要だと理論的に知っていても、植物自らの力があってこそ新しい芽を出すことも知らなければならないんだ。この芽に実に大きな力が秘められているんだ。広い大空に向かってぐんぐん伸びていこうとする力だ。どんな雨にもどんな風にも耐え、成長し葉を茂らせ花を咲かせてやろうとする。そんな命の力をいっぱいに蓄えている。この姿は、子どもにも似ていてね。可愛くてしょうがない。あの子が蒔いた種子も、この子が蒔いた種子も素晴らしい意志と希望に膨らんでいるように見えるんだ。汗を流し、泥にまみれて新しい生命を育てている子どもたちを見ているのは実に楽しい。人間、何が美しいかといってこのような子どもたちの姿ほど美しいものはない。教師になって良かったと思っているよ」

「あなた」

「ごめん、ごめん。つい熱弁を振るってしまった」

「あなた……、違うの」

「えっ、何が?」

「何がって……、赤ちゃんが、できたみたいなの」

「ええっ」

禎治郎は久江の言葉に思わず両手を上げてバンザイをした。

「子どもの赤ちゃんだ」

「私たちの赤ちゃん」

そんな言い方がおかしくて、二人は笑みを交わして立ったままで抱き合った。

その日は二人にとって最も幸せな日々の一つであっただろう。

禎治郎と久江は、教育委員会が提供してくれた金武大川近くにある一軒家を借りて住んでいた。禎治郎は担当する農業の教科の関係から村役場の産業課にもよく通っていた。学校の借用している農地や作付けする作物や蔬菜種子の購入などの相談だ。

また、子どもたちと実習地へ出かける際にも田畑地で汗を流している村人たちへよく声をかけていた。時には教師として、時には農林学校で学んだ農業技師として助言をする禎治郎の言葉に多くの村人たちが素直に耳を傾けてくれていた。

学校の子どもたちだけでなく、村人たちも感謝を込めて収穫した野菜や果物を届ける者もいた。一年ほどの勤務で禎治郎と久江には金武村は郷里と同じほどに居心地のいい場所になっていた。そんな日々の中で、二人の第一子、葉子《ようこ》が生まれたのである。

葉子が生まれた年に、奇しくも母を亡くした久江の妹喜代《きよ》がヤンバル（郷里）からやって来た。家族が一気に二人増えたのだ。喜代は十歳を過ぎたばかりで、ヤンバルの小学校から金武尋常高等小学校へ転校してきたのだった。久江や喜代の父栄信からの依頼もあった。

久江の家系は、貧しくても首里王府士族の末裔であった。曾祖父は首里王府の高官で中国にも渡るほどの活躍があったという。その曾祖父が地方行脚の際、逗留した村の娘を呼び寄せて一夜を共にした際に身ごもったのが久江の祖父信興《しんこう》であった。曾祖母は幼い信興を抱いて首里に出向き、曾祖父への面会を求めたが玄関払いであったという。曾祖父には首里に正妻がいて呼び寄せることはできなかったのだという。

信興は首里へ行くのを諦め、ヤンバルで成長し村の娘と結婚し栄信を授かったが、若くして病死した。栄信は女親一人の手で育てられたという。女親は再婚して新しい家庭を作り、子どもを授かるが、栄信の誕生を誇りにし、また栄信も士族の血を誇りにしたという。栄信は村の娘マツと結婚し、久江たち八人の兄弟姉妹を授かるが、子どもたちも自らの出自を隠すことなく誇りにし、村人たちも久江たち家族を崇め憧憬をもって接していたのだ。

久江の兄弟姉妹は三男五女の八名だった。長男の信一郎は警察官、長女の富代と次女の梅代は隣村に嫁ぎ、その後、二家族とも福岡県戸畑に渡り暮らしている。三女が久江で、次男の信忠《ただ》と三男の信《のぶ》三郎は海軍へ志願し軍艦に乗っていた。四女の幸代は戸畑の長女富代家族の元に子守役として引き取られていた。末娘の五女が喜代である。

喜代は両親と一緒にヤンバルで三名だけで暮らしていたが、母マツが病で亡くなったので父親の栄信は思い切って喜代を久江の元へ送り出したのだ。様々な事情が様々な環境を生み、様々な人生を歩ませる。喜代もまたその一人であった。

もちろん、喜代だけではない。だれもが選び取ることのできない人生を、運命として受け入れて生きることがあり、命を継いでいくことがあるのだ。人間の命は奇跡としか言いようのない唯一無二の尊いクガニ（黄金）の玉だ。幼い喜代も、また若い禎治郎夫婦も、栄信の意向を受け入れたのである。

5

禎治郎の家にやって来た喜代は、禎治郎の予想以上に賢く聡明な子だった。学業に優秀な成績を表すだけでなく、幼い葉子をあやし子守をした。葉子の誕生から三年後に、妹の峰子が生まれた。喜代は二人の姪を妹のように可愛がった。特に葉子は、禎治郎、久江の第一子であっただけに、〇歳児からの成長を久江と共に喜代も見守った。寝転がり、這い回り、立ち上がり、覚束ない足取りで歩きを始める。自分の後ばかり追いかけてくる葉子を喜代は何度も抱きしめた。

喜代は兄弟姉妹では自分が一番末っ子であっただけに、赤子の成長を初めて見る驚きと喜びもあった。葉子の手を引き、峰子を背負い、よく金武大川の周辺を散歩した。

葉子は金武大川が大好きだった。どんなにむずがっていても金武大川の水に手を触れさせると、すぐに泣き止んだ。葉子には水が一番の玩具だった。葉子がお話ができ、駆けっこができ、一人で元気よく歩けるようになると、金武観音堂や並里区の浜辺まで遠出をした。何よりも楽しかったのは、葉子は歌や踊りが大好きで、すぐに歌詞を覚え、両親の前で歌や踊りを披露したことだ。もちろん喜代が教えたのだが、喜代にはそれが可愛くてたまらなかった。

葉子は、喜代が教えた「赤田首里殿内（ドゥンチ）」や「花ヌカジマヤー（風車）」や「ジンジン（蛍）」の歌が大好きだった。機会があると、喜代は葉子を呼び寄せて一緒に歌を歌い、舞を舞った。

「あのね葉子ちゃん、赤田首里殿内にはね、お歌だけでなくお遊戯もあるんだよ」

「えっ、そうなの。葉子、お遊戯も覚えたいなあ」

「うん、教えようか。私もね、久江姉ちゃんから習ったんだよ」

「久江姉ちゃんてだあれ？」

「あっ、そうか、あんたのお母さんだよ」

喜代は笑い声をあげる。葉子といるといつも楽しい。寂しくなんかないから不思議だ。

「まず、赤田首里殿内のお歌からだよ。覚えたら、一緒にお遊戯だよ。いいね」

「うん」

葉子は大きくうなずく。喜代は声をあげて歌い始める。

一　赤田首里殿内《ドゥンチ》に　黄金《クガニ》灯篭《ドゥル》下げてぃ（赤田首里殿内に　黄金の灯籠をつり下げて）
うりが明かがりば　弥勒御迎《ミルクウンケー》（それが明るくなれば　弥勒様をお迎えします）
シーヤープー　シーヤープー
ミイミンメー　ミミンメー
ヒージントー　ヒジントー
イーユヌミー　イーユヌミー

「いいかね、葉子ちゃん、シーヤープーは、ほっぺをつねる。ミイミンメーは、耳をつかむ、ヒージントーは、腕の肘を交互に打つ、イーユヌミーは、魚の目で、両手で目を抑えるんだよ。頭をゆっくり横に振りながらその動作をするんだよ。さあいくよ。二番だよ」

二　東明《アガリア》かがりば　しみなれがしゆい（東の空が明るくなれば勉強にいくよ）

かしら結《ユ》てぃたぼり　我親加那志《ワーウヤカナシ》（髪を結ってください 私の親御様）

シーヤープー　シーヤープー

ミイミンメー　ミミンメー

ヒージントー　ヒジントー

イーユヌミー　イーユヌミー

喜代は、何度歌っても楽しかった。葉子の手を取り、何度も踊った。

葉子は腰を折り、後ろ手を組み、足踏みをしながら赤田首里殿内のおばあの真似をした。禎治郎も久江も目を細めて拍手をした。やがて赤田首里殿内は幼い葉子の十八番になり、お客があると自分から立ち上がってこの歌と踊りを披露した。

喜代は勉強ができ歌が上手だけでなく、駆けっこも得意だった。小さな郷里のヤンバルの小学校から大きな金武村の学校へ転校してきたが、物怖じもせず、テストの点もいつも満点に近かった。教師も級友たちも驚きを隠さなかった。教室で先生役を担ったことがあるとの報告を、学級担任から受けた。

「さすが久江さんの妹だ。チュラカーギで(可愛くて)賢い子だ」

学校内だけでなく、やがて村人からの噂も耳に入った。禎治郎と久江は苦笑したが自慢の姪っ子だった。そして確かに、葉子が「1、2、3」や「あいうえお」を諳んじて言えるようになったのは、喜代のお陰だった。
若い夫婦には、葉子と峰子の二人の娘だけでなく、喜代の将来も楽しみだった。

6

パラオ在の南洋庁から農業技師の募集のあることが、金武村役場の産業課へ公務で出かけた際に知ることができた。不思議なことだが、同時期に郷里の親しい友人、隆二、清、悦郎の三家族が誓い合ってパラオに渡南することを知った。さらに不思議なことだが、一緒に嘉手納農林で学び、今は県の農業試験場に勤めている友人の上原和行からも、このことの知らせが届いた。
上原は、一度は共に農業試験場で就職しようと誓い合った仲だったが、禎治郎はその約束を反故にして青年学校で学び直したのだ。このことに少しばかり気まずい思いを抱いていた。
さらに郷里で久江と祝宴を上げた際、長兄の禎吉が「パラオに来ないか」と耳元で勧誘した言葉が浮かんできた。

不思議さに誘われるように、真偽を確かめるために郷里に戻り三人の友人を訪ねた。

隆二と清の二家族は国が支援している南洋興産会社の募集に応じたもので、悦郎は単身の渡南で、実兄がパラオで興した水産業を手伝うためのものだった。禎治郎も一緒に行こうと三人に誘われたが、すぐには答えられなかった。

続いて那覇市真和志にある県の農業試験場を訪ねた。農業試験場の友人上原は、南洋諸島での勤務は待遇や環境や給与の面で断然に恵まれていることを資料を示しながら説明した。それだから禎治郎に採用資料を送ったのだとも力説した。

「自分が行きたいところだが、病弱な老母がいるので断念せざるを得なかった。ふと、君のことが頭をよぎったので連絡したんだ」

「君は、親孝行がしたい、許婚《いいなずけ》の久江さんを幸せにしたいというのが口癖だったからなぁ。ひょっとして役立つ情報かなと思ったのでな」

友人の言葉に、禎治郎は自分だけ抜け駆けするように身を翻して教師の道を選んだことを思い出した。そんな自分を忘れないで温かい言葉をかけてくれる友人の気持ちが嬉しかった。その償いができる絶好の機会かとも思った。

しかし、友人への償いをするためにパラオに渡るには、余りにも家族をないがしろにする決断だとも思った。一九三七（昭和十二）年には、盧溝橋《ろこうきょう》事件が勃発し中国との関係は悪化していた。戦火が拡大するかも知れないのだ。家族を幸せにする渡南が家族を不幸にすることになりはしないかと不安になった。友人の連絡は有り難かったが、ここも即答することはできなかった。

禎治郎は迷った。パラオには実兄もいる。郷里の人々もすでに大勢の家族が渡っている。高給での待遇は、老いた両親へ仕送りする金額に成り得るのではないか。身を削るようにして働き、自分を農林学校で学ばせた恩に、いまだ報いてはいないのだ。禎治郎は思い余って上司である学校長へ相談した。学校長は笑みを浮かべて即答した。

「禎治郎君、いざ、行かん、我らが家は五大州だよ」

学校長は金武の生んだ先輩、沖縄移民の父と言われている當山久三氏の言葉を大声で諳んじた。そして肩を叩いて激励した。

「学校のことは心配するな。あとは任せておけ」

そんな言葉をもらって禎治郎の心は揺れた。そしてやがて落ち着いた。

久江に相談すると笑顔で答えてくれた

「なんだか難しい顔をしているなと思っていましたが、そんなことを考えていたのですか。家族を幸せにする決断なら、いつでも、どこへでもついて行きますよ」

久江は笑顔を浮かべて答えてくれた。

「お父さんが私を幸せにする、と言った言葉を信じていますよ」

久江からそんな風に冷やかされて、禎治郎はパラオ行きを決断した。

二人の娘の母親になった久江は禎治郎をお父さんと呼び、また禎治郎も久江をお母さんと呼んでいた。今度は家族四人での夢の航海が始まるのだ。

パラオ行きを決断すると、事務的な手続きの煩雑さが禎治郎を襲ったが、それほど苦にはならなかった。周りの皆が積極的に協力してくれた。禎治郎の穏やかな性格が、周りの人々をそうさせたのだろう。同時に海外雄飛をものともせずに果敢に挑んでいく金武村の気風も禎治郎の決断を後押ししていたのかもしれない。両親を楽にさせ、久江を幸せにする決断であるかと何度も自問した。しかし、決断は揺るがなかった。

ところが、禎治郎にはもう一つの心配事があった。

「喜代はどうしようか。喜代をパラオには連れて行くことはできないないだろう」

禎治郎の心配事を聞いて、久江は即座に答えた。

「お父さん、このことですが、喜代とはもう相談がついていますよ」

「えっ?」

「私たちのおばあちゃんが、首里から父を頼ってヤンバルへ移り住むことになりました。祖父信興の妹に当たりアヤと言います。これを機会に喜代も父の元へ帰ってアヤおばあと一緒に暮らすことを決意してくれました」

「えっ、そうなのか」

「お父さんからパラオ行きの話しを聞いて喜代と相談していたのです」

「そうか、有り難う。でも、喜代には何もしてやれなかったなあ」

「いいえ、充分に助けてもらいましたよ。喜代も感謝しています。私からもお礼を言います。有り難うございました」

「そんな、仰々しいお礼はいらないよ。喜代が受け入れてくれたのならそれでいい」

首里に住んでいた士族である久江の曾祖父は正妻との間に男の子を授かることなく病で斃れてしまったようだ。曾祖父亡き後、曾祖母は、先祖の位牌と一緒に暮らしていたようだが、曾祖母も亡くなったので信興の妹アヤおばあがその位牌を預かっていたようだ。アヤおばあは、曾祖父と血の繋がった唯一の息子である父栄信が位牌を継ぐべきだとして、父を頼って本人もヤンバルに移り住む決意をしたとのことだった。父はそれを受け入れたのである。

「喜代も苦労が絶えないな」

「あの子には、試練の連続ですが、きっと耐えてくれますよ。大丈夫ですよ」

久江は自分に言い聞かせるように、自らをも励ました。

禎治郎も喜代を呼び、パラオ行きのことを伝えて激励した。喜代は感謝の言葉を禎治郎に述べると、急に傍らに座っている久江の胸に凭れて泣き出した。しっかり者の喜代とはいえ、余りにも急激な変化が幼い喜代の周りで次々と起こっていたのだ。

禎治郎と久江夫婦が二人の娘葉子と峰子の手を引いて、戸畑、門司経由でパラオに渡ったのは一九四一（昭和十六）年四月のことだった。金武尋常高等小学校退職の辞令をもらったのは三月三十一日。葉子は四歳になっていた。

葉子にもパラオ行きの日々は、かすかに記憶が残っている。久江の父で葉子からは祖父に当たる栄信の膝に抱かれて大きな船に乗り、鹿児島に渡り、鹿児島から列車に乗ってまず戸畑の伯母家族の元へ立ち寄ったのだ。喜代とは抱き合って涙を流して別れた。

栄信は娘の久江が遠くパラオへ行くのが不安でもあったのだろう。また戸畑に住む二人の娘富代と梅代が栄信を呼び寄せたのかもしれない。戸畑には久江の二人の姉がそれぞれ家族を作って落ち着いた生活を送っていた。二人は郷里の隣村の男の元に嫁いだが、しばらくして二家族とも志を大きく持った夫の希望もあって、示し合わせたように戸畑に移住したのだ。二家族とも既に十年余の歳月が過ぎ、しっかりと根付いた生活を送っていた。富代には四人の子が、梅代にも三人の子が生まれていた。さらに富代の元には、郷里から呼び寄せた喜代のすぐ上の姉の幸代が一緒に暮らしていた。この二家族の元に、佐世保海兵団に入営していた二人の叔父信忠《のぶただ》と信三郎も駆け付けてくれた。

一番上の伯父信一郎は、当時警察官で宮古島に赴任していたので出席は叶わなかったが、郷里に留まった喜代と信一郎の二人以外は、久江を含めて姉弟六人、そして七人の甥姪たちが集合して、久江家族を見送る盛大な送別会を催してくれた。同時に、父栄信の歓迎会と激励会でもあったようだ。

久江は、久々の姉や弟たちとの出会いに懐かしさを覚えたが、それ以上に感謝の気持ちでいっぱいになった。だれの心にも、静かに押し寄せてくる戦争の足音に、幾ばくかの不安があったのだろう。久江にとっても、あるいは今生の別れになるかもしれないという不安はぬぐい去ることはできなかった。正装をして皆で写真館に行き記念写真を撮った。

久江は、たとえ戦争という大きな波に巻き込まれても、禎治郎に従うのが嫁としての身の処し方だと思った。それが結婚を決意した日以来の久江の生き方だった。やがてこの記念写真が皆が予想したような貴重な写真になった。大きな時代の波に飲まれ、それぞれの日々の中でそれぞれの時を生きた大きな証になった。

戦争という大きな試練が皆の前に押し寄せていたが、まだだれもが実感できなかった。いや実感したくなかったのかもしれない。それぞれの場所で命の危機に面し命を慈しむ試練の日々が、刻々と目前に迫っていたのである。

7

門司の港に、禎治郎の兄禎勇がやって来た。禎勇も久江の弟である信忠や信三郎と同じように海軍の兵士であった。

禎勇は、既に訓練を終えて軍艦に乗船して任務に就いていた。郷里で結婚式を挙げた幼なじみの妻を佐世保の海軍兵舎に住まわせ、三人の男の子を設けていた。禎勇は多くは海軍兵士たちを養成する陸上での任務に就いていたが、時には台湾の基隆《きーるん》港と佐世保とを往復する戦艦へ乗船することもあった。

佐世保と基隆との往還の途次、那覇港に停泊した軍艦を、禎治郎は父親の禎助と娘の葉子、そして姪の喜代を連れて訪ねたことがある。その時、軍艦の巨大さに驚いたが、驚いたのは禎治郎だけでなく、父禎助も喜代も葉子も驚いていた。乗船させて案内してもらったが、驚きはさらに倍加した。

「葉子、那覇で軍艦に乗せて貰った禎勇伯父ちゃんだよ」

一年ほどしか経っていなかったからなのか、葉子は笑みを浮かべてうなずいた。

葉子は幼いころから記憶力の強い子だった。このことが葉子を幸せにしたか不幸にしたかは分からない。記憶は生きる力にもなるが、幼い葉子にはその実感は、もちろんまだなかった。

「葉子ちゃん、大きくなったなあ」

禎勇は、今度は那覇港とは逆に、禎治郎たちが乗船したパラオ行きの船に乗船してきた。そして葉子を抱き上げた後は、航海中の注意や、用心すること、船酔いの対策や予防の方法など、あれこれと助言をしてくれた。特に幼い峰子を抱えた久江をねぎらった。

「久江さんにも苦労をかけるな」

「いえいえ、私たちをもっと幸せにしてくれるということですから」

「そうか、それが禎治郎の口説き文句か」

「いえいえ、この人の誠実さです」

「おいおい」

久江の、はにかんだ笑みに禎勇は明るく笑った。

「しかし、禎治郎はよく決心したなあ、と思うよ。久江さん、パラオには禎吉兄の家族もいるから、何かと世話になるといいよ」

「はい、有り難うございます」

「でも戦争がなあ、心配だな。パラオには南洋庁もあるので、俺も寄港する機会があるかもしれない。楽しみにしておくか」

そう言って笑みを浮かべていた禎勇が、親族では最も早い戦争の犠牲者になった。禎治郎と禎勇二人の兄弟は固い握手を交わしたこの日が今生の別れになったのだ。

もちろん、このことは知るよしもなかった。禎勇が乗った軍艦は台湾沖で米潜水艦の魚雷を受けて沈没した。残された母子四人は、郷里に引き揚げることになるが、戦後の困難な日々を、父の遺影を眺めながら涙を堪えて送ることになるのだ。

禎治郎家族が、兄禎勇の激励や注意を受けて門司港を出発してから十日ほど後にサイパン島に到着した。さらに赤道直下のヤップ島、ロタ島を経て、パラオ島に到着したのは五月十日である。門司を出港したのは四月二十八日であったから約十三日ほどの船旅だ。禎治郎は即日、南洋庁を訪問して拓殖部農林課勤務の辞令を受けて新しい生活が始まった。

南洋諸島は第一次大戦の後、日本国の委任統治領となり、日本の南進政策の基地として軍事的にも経済的にも脚光を浴び、開発が行われていた。パラオ、サイパン、ヤップ、トラック、ボナペ、ヤルートと六つの島々に支庁が置かれていた。

南洋庁官吏の待遇はものすごく良く、俸給は内地勤務の二倍、ボーナスが年四回支給された。特別休暇等で郷里訪問ができ、官吏天国であった。

パラオ生活も束の間、ひと月後の六月十日には、トラック支庁殖産課へ転勤を命じられた。

家族四名、六月の末にトラック支庁のある夏島に赴任した。波止場から支庁のサンパン(はしけ)が出迎えに来て荷物を運んでもらった。

トラック諸島は、日本の小学校の教科書にも教材として取り扱われていた。四季七曜島として日本の代表的な花の名前を付けられた多くの島々から成り、支庁は夏島にあった。向かいの竹島には飛行場が完成し、海軍の大部隊が駐屯していた。夏島宮下町の官舎に旅装を解いたが、近くに小学校があり、禎治郎は金武尋常小学校での日々を思い出し感慨無量の感を抱いた。

トラック島は、群島の中では一番島民の多い所だった。二万人の島民がそれぞれの島々に散在し、各島に駐在所が設置されていた。殖産課の仕事は食糧の増産が至上命令で生産物は駐留日本軍隊に納入された。

禎治郎がパラオに到着したのは一九四一(昭和十六)年の五月であったが、その年の十二月八日、日本国はハワイの真珠湾を攻撃した。太平洋戦争が開始されたのだ。渡南の際の不安は悪い方に的中したのである。

禎治郎は激しく動揺した。もちろん、その態度をだれにも見せてはならなかった。パラオに渡ってきてから一年も経っていなかった。日本国が戦争を回避してくれるのではないかという漠然とした希望はあっけなく消え去った。

禎治郎はその日、同僚と水曜島に出張中であった。急いで帰庁すると、開戦のニュースである。大本営発表の戦果のニュースがラジオを通して流されていた。戦火は南洋諸島でも次第に拡大し、マニラ、シンガポールなど、東南アジアの島々における大戦果のニュースばかりであった。新聞には「暴戻《ぼうれい》米英に対して宣戦布告、帝国軍隊破竹の勢い」という大見出しが踊った。

日本国は長期の中国との戦闘で戦略物資が欠乏し、国家総動員法によって物資が統制され、国民の耐乏生活が続いていた。石油資源の豊富な南方へ活路を求める日本の南進政策だと言われていた。戦況が次第に様相を変えつつあった一九四二（昭和十七）年八月十日、禎治郎は「任南洋庁公立学校訓導給月俸五六円コロール公学校訓導ニ命ズ」の辞令を受けた。兄禎吉の計らいであった。

「一つ所で戦争を迎えよう」

禎吉はそのような言葉で禎治郎に進言していたが、禎治郎はやっとそれを受け入れたのだった。

禎吉は、パラオに着任してすぐにトラック島に渡った禎治郎が気が気でならなかったのだ。禎吉には幸いにも南洋庁の教員人事を担当している親しい友人がいた。この友人に禎治郎のパラオのコロール公学校への着任の依頼をして何度か承諾を得ていたのだが、禎治郎が断り続けていたのだ。

禎治郎がやっと承諾してくれたことに禎吉は胸を撫で下ろした。禎治郎には禎治郎の考えがあったのだろうが、実際、戦争は逼迫していた。一九四二(昭和十七)年の半ばからミッドウェイ海戦をはじめ、ガダルカナルに米軍が上陸してからは日本軍敗北の色が濃くなりつつあった。米軍の潜水艦によって軍艦のみならず輸送船の撃沈や空襲警報の発令、防空訓練や防空壕掘りも始まっていた。

パラオで既に十年余も生活している禎吉の誘いは禎治郎にも有り難かった。禎吉は漁商としても成功し、貸家業、砂バラック販売業など手広く商売を広げ、街の有力者の一人にのし上がっていた。禎治郎は、いよいよ迫ってきた戦乱の足音に、家族を守る最善の方法を模索していた。前年には長男の禎一も生まれていた。葉子に峰子、そして新たに授かった息子禎一の命に感謝すると同時にこの子たちを「死なせてたまるか」という決意が、パラオをよく知っている兄の近くに身を寄せる決意へとつながった。もちろん教職へ復帰する心のトキメキも感じていた。また南洋庁拓殖部農林課も禎治郎の転職を歓迎する意向を示していた。

禎吉は禎吉で、禎治郎がパラオに渡ってきたのは、自分が声をかけて呼び寄せたことに一因があったのではないかと思い、後ろめたい思いを抱き始めていた。もちろん、いずれは沖縄も戦乱に巻き込まれるかもしれない。沖縄に残った方が良かったのかどうかはだれにも予測ができないことだ。禎吉と同じように禎治郎もそう言い聞かせ不安な心を鎮めていた。

トラックからパラオへは船での移動である。禎治郎は万一の米軍潜水艦の攻撃に備えて幼い

娘二人を連れてトラックの波止場で海中に投げこんで水泳訓練をした。死に物狂いになっても
がく子どもたちが、少しでも長く自力で浮くことができたら、生きながらえる確率は高くなる。
そんな親心からの訓練だった。

「死なせてたまるか」

禎治郎は、海水で濡れた葉子、峰子の身体を抱きしめながら小さくつぶやいた。

一九四二(昭和十七)年の春には長男禎一が誕生していたが、戦争という時代の荒波に既に飲み込まれていることを実感した。子どもたちの日々の命を生きながらえさせる。このことの決意が大きな不安の中でも強く芽生えていた。

郷里を一緒に出て南洋諸島への移住を決意した三人の友人たち、隆二、清、悦郎は、それぞれに身近の島々で生活の基盤を確保しつつあった。隆二はパラオを経てペリュリュー島へ渡り、悦郎はパラオへ残り、清はサイパンへと渡っていた。三人の家族の行く末も、わがことのように気になっていた。禎治郎の家族だけでなく、三家族もまた、それぞれの土地での戦争に巻き込まれ、悲惨な結末を迎えたのである。

8

一九四二（昭和十七）年当時、日本国が委任統治していた南洋群島は、フィリピンの東、ニューギニアの東北部に浮かぶ島嶼群であった。丸く円を描くと、東にマーシャル諸島、西にパラオ諸島、南にカロリン諸島、北にマリアナ諸島があった。トラック島は南側のカロリン諸島の中心部に属していた。西側のパラオ諸島には北から南へ向けてサイパン、テニアン、グアム、パラオ、ペリュリュー島と並んでいる。

禎治郎家族のトラック島からパラオへの渡航は、禎治郎の意向を汲み入れながらトラック支庁の配慮によって周到に計画された。まずトラックからサイパンまで家族全員で渡る。サイパンからは万一の潜水艦攻撃を配慮して分散して渡ることにした。先に禎治郎と次女の峰子がパラオへ渡る。その後、久江と葉子、そして乳飲み子の禎一の三人は、サイパンの官舎を借用して仮住まいをし、時機を見て渡るというものであった。

禎治郎と峰子がパラオに着いたのは十二月二日、すぐにでも追いかけてくると思われた久江たちの到着は年が明けた。その間、禎治郎と峰子は、用意された官舎ではなく、禎吉兄の家族の元で世話になった。峰子は父親と二人だけで過ごすには、まだ幼かったのだ。それに禎治郎は仕事を始めなければならず、一人で家に残すわけにはいかなかった。

同時に禎治郎は、久江たち三人の到着に気を揉んだ。一日千秋の思いとはまさにこのような日々を指すのだろう。潜水艦の標的を受けて沈没したのではないかと気が気でなかった。三人がパラオに到着したのは二月の中ごろであった。五人家族全員がやっとパラオコロール島の官舎に落ち着き、家族団欒の日々が開始されたのである。

パラオの官舎で過ごした日々から、葉子の記憶も鮮明になっていく。戦争のさなかにも歳月はめくられて一日一日を刻む日々がやって来るのだ。葉子はもう六歳を迎えようとしていた。

「おばさん、この飴、美味しいね」

峰子がそんなふうに母の久江に言った言葉も覚えている。お母さんではなく、おばさんと言ったのだ。

久江はサイパンでの日々で、禎治郎の友人清の家族を訪ね、飴作りを習って峰子のために手土産にしたのだ。母親のそんな思いに気づかないだけでなく、幼い峰子は母の姿をも忘れていたのだ。禎吉伯父には、峰子と同じ年ごろの従姉妹が二名もいて、楽しく遊び回っていたのである。父も母も苦笑をせざるを得なかった。

禎治郎が務める公学校はコロール島にあった。コロール島には南洋庁やパラオ支庁があり、パラオ諸島の政治、経済、文化の中心地であった。そればかりではない。南洋諸島全体の中心地であるかのような賑わいを見せていた。南洋興発、南洋貿易、南洋拓殖、南興水産などの大企業の進出だけでなく、パラオ放送局や官幣大社《かんぺいたいしゃ》南洋神社もあった。さらに、パラオ中央郵便局、南洋庁パラオ病院や映画館、料理屋などが立ち並んで日本本土の小都市に劣らないほどの賑わいであった。

学校もパラオ第一、第二国民学校をはじめ、コロール公学校、パラオ中学校、パラオ高等女学校などがあった。国民学校は日本人移住者の子弟を、公学校は島民を教育するのが目的の学校だった。禎治郎は公学校での勤務だった。

公学校はそれほど規模も大きくなく、学校長に教頭、そして禎治郎を含む四名の教師、それに島民教師として「ヨヘイ」という青年の助手がいた。生徒は本科生と補習生に別れ、本科は三年、補習科は二年であった。本科を卒業した生徒から選抜されて補習科で学び、優秀な者はそれぞれ出身地域の指導者になった。もちろん、島民にもそれぞれのかけがえのない日々が刻まれていったのだ。

授業はほとんど午前中で終了した。午後は日本語の達者な補習科の生徒が日本人家庭に派遣され、日常生活を見習い、家事の手伝い、庭の清掃、子守などの仕事を体験し習得した。派遣実習生には手当も支給されていたが「ボーイ、ボーイ」と呼ばれて、日本人家族の一員として可愛がられていた。禎治郎の家にも「テーク」と呼ばれるボーイが派遣されていた。テークには、イチエと呼ばれる妹がいて、イチエも官舎にやって来て、よく葉子や峰子と遊んでいた。

どのような時代の流れの中でも、人々の日々は重ねられていく。場所を問わず、人種も問わない。大人にも子どもにも、その時は等しく訪れる。葉子や峰子や禎一にもだ。

禎一は歩き始めると、すぐに兵隊さんごっこを始めた。禎治郎が儀式に身に着けていく正装を真似て、腰にも帯剣を真似た物差しを差し、歌を歌って葉子や峰子を追いかけた。

「兵隊さんは強いぞ。大和魂強いぞ」

ラジオから流れる歌を聞いて覚えたのか、大きな声をあげて家中を駆け回った。

葉子はテークをお兄ちゃんのように慕ってどこへ行くにもついて行った。また禎吉伯父の家族の住む家には、よく遊びに行った。同じ年ごろの従姉妹たちがいたからだ。その時は、テーク、峰子、禎一、そしてイチエも一緒で、五人で手をつないで、マンゴー並木を歩いて行った。久江はテークだけでなく、葉子より二つ年上のイチエも可愛がった。料理を教え、裁縫を教えた。イチエは賢い子で、すぐに覚えて上手に手伝うことができた。

葉子は、イチエに「赤田首里殿内」の歌を歌って聞かせた。喜代叔母のことを思い出して、少し涙ぐんだが、やがてイチエも大きな声で一緒に歌えるようになった。

喜代叔母が教えてくれたように一緒になってお遊戯も踊った。イチエと葉子は、公学校の生徒や先生の人気者になった。

9

戦争のさなか、最初にやって来た禎治郎一家の不幸は長男禎一の死だった。禎一は突然腹痛を訴え、高熱を出した。禎治郎は禎一を抱きかかえるようにして急いで病院へ駆け込んだが、その日の晩に亡くなった。医者から死因は急性肺炎と告げられた。禎治郎には信じられなかった。禎一は一九四一（昭和十六）年十二月十六日にトラックの夏島で生まれた。一九四四（昭和十九）年四月三十日、パラオのコロールで幼い命を奪われた。

葉子にも訳が分からなかった。通夜の晩に母の久江が泣き出しそうな表情を抑えて座り込み、父の禎治郎はあれこれと指図をしながら目まぐるしく立ち回っていた。禎吉伯父夫婦や従姉妹たちもやって来た。公学校の先生たちもやって来た。テークやイチエの家族もやって来た。坊さんもやって来て、お経を唱えた。禎一は戻らなかった。葉子が初めて体験する家族の死だった。

禎一の死を契機に、葉子の家族の周りが急に慌ただしくなってきた。戦争が音立ててやって来る気配に、葉子の家族だけでなく、パラオ全体が不安を抱き動き始めていた。

禎治郎と久江が涙をぬぐい、禎一の法事が一段落すると、伯父の禎吉は待ち構えていたかのように禎治郎の元へ何度もやって来て戦争の不安を訴えた。パラオで戦争を迎えることの不安、沖縄へ帰郷するかどうかの不安や相談だった。まだ判断が付きかねているようで、迷ったままの相談だった。二人の会話は葉子の耳にも入ってきた。

「戦争は避けられないだろうなあ。パラオにもきっとアメリカ軍がやって来るぞ」

「パラオで戦争を迎えるか、沖縄で戦争を迎えるか、どちらがいいのだろうか」

「禎治郎よ、わしは妻や子の命の心配をしているのではないぞ。もちろん、自分の命の心配をしているわけではない」

「えっ……、どういうことなの、兄さん」

「わしはな、郷里の父と母のことが心配なんだよ」

「禎治郎よ、わしは、郷里を離れてもう十五年余になる。働きづくめの毎日だったが、お陰で財も成した。父の元へ仕送りもした。そのお金で赤瓦葺きの家を新築したとも聞いている」

「ええ」

「パラオでは、仲間たちの信頼も得た。長男であるにもかかわらず、父はわしのわがままを許してくれた。親孝行一つもできずにこの地で死ぬのは情けないんだよ」

「何も死ぬと、決まったわけではないでしょう。それに、兄さんは、充分、親孝行はしているんじゃないですか。村では一、二位を争う大きな家を造ったとも聞いている。兄さんのお陰でしょう」

「うん、そうだな、有り難うな。でもな、親の近くにいることが最大の親孝行だと思うんだよ。親と離れて住んでみてやっとこのことが分かったよ。わしは若いころから、わがままばかり言って親元を離れた。漁師仲間と、五島や壱岐、済州島まで漁に出た。楽しくてしょうがなかった」

「そして、今またパラオだ。父や母をほったらかしたままだ」

「戦争が始まれば、パラオも、沖縄も、どちらも戦場になるだろう」

「そうですね……。沖縄は本土防衛の楯にされるのではないか、という噂もありますからね」

「そうなんだよ。米軍は沖縄に上陸して本土攻撃の拠点にするという噂もある。そうなれば父や母も戦争に巻き込まれるだろう。心配なのは父や母の命だ。命こそ、守るべきものだよ。一番に大切にすべきものだよ」

「……」

「それになあ禎治郎。どうせ死ぬならふるさとがいい。ふるさとから授かった命だ。ふるさとに返したいんだよ」

「そうですね、確かに、ふるさとは有り難いし、父や母の命は心配ですね」

「そうだろう、今ならまだ間に合うかも知れない」

「間に合う?」

「潜水艦の餌食にならなくて済むかもしれないということだ。だいぶヤラレていると噂に聞くからな。沖縄に戻るか、パラオに留まるか。これは一か八かの賭けだよ。どちらに吉と出るかは分からない」

禎吉の言葉に、禎治郎にも迷いが生じ不安が募る。公学校はまだ開校している。生徒たちを放りだして沖縄へ帰るわけにはいかないだろう。禎吉が郷里に帰ると判断すればどうしよう。それでも自分はパラオに留まるべきなのか。それとも、禎吉家族と一緒に葉子を先に帰すか。峰子を先へ帰すか。久江も帰したほうがいいのだろうか。しかし、沖縄がパラオより安全とは言えないだろう。どちらも危険だ。戦争になると逃げ場がなくなるのだ。分かりきった発見に、今さらのように大きな動揺を覚える。

「なあ、禎治郎よ。帰るとなると不安が尽きないのだよ。帰るも不安、残るも不安だよ」

「そうですね、米潜水艦の攻撃で軍艦だけでなく日本への輸送船までが沈没させられているようですからね」

「そうなんだよ。でも、わしが躊躇しているのはそれだけではない。築きあげてきた財産や家屋の管理もある。それを捨てて帰るのはあまりにも忍びない。それ以上にわしを悩ましているのは、二十歳になったばかりの娘の昭子《しょうこ》が沖縄には帰らない。パラオに残りたいと言うんだよ」

「そうですね、昭子もパラオ南洋庁に務めて、みんなから信頼されているようですからね」

「そうなんだよ、南洋庁ではお茶汲みから始めたんだが、今では上司からも信頼されて機密の電報や書類の作成なども行っているようだ。タイピストの技術を習得させるために東京の学校へ学ばせたのは良くなかったのかな」

「そんなことはないよ、兄さん。それはきっと良かったんだよ」

「パラオが安全か、沖縄が安全か、だけではない。どうすれば父や母だけでなく、家族みんなの命を守ることができるかということだよ」

「そうですね。どんな時であれ、どんな場所であれ、家族を守らないといけない」

「うん、そうなんだ。戦争の中で家族を守るということは、家族を引き裂かねばならないのかと思うと、判断がしにくい。迷ってしまうんだよ」

禎吉にはなかなか結論が出ないようだった。また禎治郎にもなかなかいい案が浮かばなかった。禎吉の家族のことを考えると、禎治郎には、同時に自分の家族のことも気になった。自分の家族はどうするか。難しい判断だった。それも一刻を争う判断だった。二人は何度も首を傾げ、時には苦笑をも浮かべながら話しあっていた。

禎吉の人生を考えると、禎吉が危険を冒して郷里に帰りたいという思いも、パラオに残りたいという思いもよく理解できた。理解できるがゆえに兄と共に悩んだ。しまいには泡盛を酌み交わしながら肩を叩き、時節を憂い時節を嘆いた。

ところが数週間後、禎吉は緊張した面持ちで禎治郎の元にやって来ると、久江の勧めるお茶を飲むのもそこそこに、決意を語り始めた。

「父から手紙が届いた。父に預けている息子の吉夫《よしお》が特攻隊に志願するために本土へ渡る決意をしたそうだ」

禎吉は、腰を折り禎治郎の元に顔を寄せると、さらに声を潜めて話し続けた。

「飛行機乗りになるための養成所に、学校長からの推薦書も貰ったそうだ。吉夫君ならきっと立派な飛行機乗りになれますよって激励もされたそうだ」

「吉夫君は成績優秀だといつも誉められていたようだからな」

「そうなんだ。それだけに死なせるわけにはいかん。吉夫を止める。沖縄へ帰る」

禎吉は久江の淹れたお茶に気が付いたのか一気に飲み干した。そしてまた禎治郎に向き合った。

「一緒に帰るか」

「いいえ、私は残ります」

「そうだろう、そう言うと思った」

禎吉は笑みを浮かべている。そして禎治郎の決断にうなずいた。

「そこでお願いだ。昭子は残ると言ってわしの言うことをきかんのだ。お前も残るのなら、いざというときには昭子のこともよろしく頼む」

禎治郎は迷った末に残るとの決断を下していた。この島で生徒たちや家族を守りたいと思った。逼迫した戦況で帰るとすれば、米潜水艦の攻撃に遭うかもしれない。このことも大きな不安になっていた。

禎吉は決断すると行動が早かった。郷里でパラオ行きを決めたときも、あっという間に目の前から禎吉の姿が消えたように思えた。

「分かりました。任せてください」

「わしも潜水艦の攻撃も気になるが、ここで手をこまねいているわけにはいかない。一か八かだ。帰る方に運を賭けたい」

「私も、父母のことも気になりますが、久江や子どもたちのことも……」

「うん、そうだな。それもいいだろう。お前は残る方に運を賭けろ。俺は戻るほうに運を賭ける。だれが強運の持ち主か、分かるだろう」

「兄さん……」

「戦争って残酷だな、こんなことに運を賭けるなんてな」

「そうですね。もっとましなことに運を賭けたかったですね」

「お前をパラオに呼び寄せたばかりに迷惑をかけたな」

「そんなことはありませんよ、兄さん。私は私の意志でパラオに渡ってきたのですから」

「そうか、そう言ってくれると有り難いよ」

「ところでだれか一人ぐらい、わしと一緒に沖縄へ帰す子はいないか?」

「いいえ、全員でパラオに残ります」

禎治郎はきっぱりと禎吉に告げた。パラオに残っても様々な危険に遭遇するだろうが家族全員で乗り越えたいと思った。言葉に出すと次第にこのことが一番いい方法のように思われた。家族が一つ所で暮らすのは一番いいことなんだ。去る者、残る者、どちらに運命の女神が微笑むかは分からない。それでも家族は一緒に暮らすのがいい。その時々の記憶を共有するのがいいのだ。

禎吉兄は父の命で迷い、息子の命で即断した。禎治郎は、家族のことで悩む兄と自分が誇らしかった。大きな国の運命以上に小さな我がことを顧みている自分や兄の姿に苦笑したが、家族を第一義に考えて行動することは、その後も禎治郎の判断の基準になり信念になった。

苦難な時も平穏の時も、それぞれの日々を希望の灯火を絶やすことなく生きていく。生き継いでいく。その時々の日々に感謝しながら命を愛でる。禎吉にも禎治郎にも不穏な風に立ち向かう日々の決意であるはずなのに爽やかな風の色は見えなかった。禎治郎には久江との結婚を決意したときのような気分にはなれなかった。温かい風か、冷たい風か。戦争の時代には、風の色も、風の行方も、定かではなかった。

10

パラオの青い空も青い海も、刻々と迫る戦時の緊張の中で色あせていくように思われた。官舎の周りに聳える椰子の木やマンゴーの枝にも、不穏な風が吹き渡っていた。自然の装いと競うように、人間の世界も一気に緊張を増していた。禎吉が沖縄へ無事到着したという知らせとほぼ時を同じくして米軍機の空襲が始まったのである。まるで、パラオに残るとした禎治郎の決意をあざ笑うかのように、すぐに厳しい現実が目前にやって来たのである。

戦況は次第に悪化して学校での授業も落ち着いてできなくなった。島民の多くは飛行場建設や防空壕掘りのために動員された。パラオ在住の日本人移住者も銃後の守りと称して、防空訓練、防空壕掘り、さらに竹槍訓練等が行われた。国防婦人会も結成されモンペに頭巾の姿で、防火訓練、バケツリレーなどを頻繁に行っていた。

空襲警報が発令されると、禎治郎の家族も床下に掘った防空壕に避難した。度重なる米軍の空襲に学校長はコロールの公学校を閉鎖し、同じパラオ本島のアイミリーキ村に疎開することを決定した。関係機関へ協力を仰いで急いで引っ越した。

島民の協力をも得て椰子の木や檳榔樹《びんろうじゅ》の幹で骨組みを造り、椰子の葉を編んでアバイ式の大きな教室ができた。机、腰掛けも運んで授業の準備が整い、疎開先での生活が始まった。学校長は村長の家に落ち着き、禎治郎の家族はコロール町から資材を運んで移築したトタン葺き小屋に落ち着いた。

アイミリーキには禎治郎家のボーイであるテークの家族の実家もあり、随分とお世話になった。果物や野菜類だけではなく、時には魚や貝類などの差し入れもあった。

久江は、亡くなった禎一と入れ替わるように生まれた次男の健治を懐に抱きかかえるようにして育てていた。それゆえに、食料調達はテーク家族の協力を受けながら幼い葉子もその重責を担っていた。

アイミリーキでの生活も落ち着き、いよいよ学校が始まろうとする、その時を待っていたかのように、禎治郎に召集令状が届いた。禎治郎だけでなく家族みんなが驚いた。

禎治郎は、沖縄での徴兵検査の時、丙種であったので国民皆兵であっても最後になるだろうと思っていた。また教員の召集は遅くに行われるだろうと思っていたから、最も早い時期での突然の召集には驚いた。残される久江や三人の子ども、葉子や峰子、そして生まれたばかりの健治のことが心配でたまらなかった。

葉子や峰子には、戦争に征くとはどういうことなのか理解できているように思われた。少なくとも葉子には、父親の命が危険にさらされ、生きて帰れないかもしれないということだと理解しているように思われた。幼い娘たちとはいえ、希望を持って父親の帰りを待って欲しかった。いや禎治郎こそが希望を持って戦場へ征きたかったのだ。

禎治郎はトラックの波止場で二人の幼い子どもへ泳ぎを教えた日々を思い出した。思い出したが、今度はいい知恵は浮かんでこなかった。葉子や峰子だけでなく、もちろん久江も健治も、この地で死なせる訳にはいかなかった。幼い子どもたちには絶望ではなく、希望を持って戦時の日々を過ごしてもらいたかった。

やっと思いついたことがあった。禎治郎は農林学校を卒業したのだ。金武尋常小学校では農業を教えていたのだ。アイミリーキに移転した学校には庭に花壇を作るために多くの花の種子があったはずだ。花を育てることは小さな希望になると思った。意味のあることのように思われた。

禎治郎はすぐに二人の娘と一緒に庭に花壇を作った。希望を植えるのだ。久江との郷里での逢瀬の日々を思いだした。希望がここパラオの地まで導いてくれたのだ。手放す訳にはいかなかった。

「いいかい、ここに百日草の種を蒔くよ。芽が出て花が咲くころには、父さんは帰ってくるからね。しっかりと水やりを忘れずに育てるんだよ」

幼い峰子がうなずきながら笑顔を浮かべて言った。

「お父ちゃん、指切りだよ」

「うん、指切りだ」

「指切りげんまん、嘘ついたら針千本飲~ます。指切った」

禎治郎は峰子の思いつきに笑顔を浮かべて、腰をかがめたままで指切りをした。そして峰子を膝に乗せて抱きかかえた。それから笑顔を浮かべて傍らの葉子の頭を撫でた。

「お父ちゃん、私も指切りだよ」

葉子は、父の必死の思いに気づいていた。目を赤く腫らして葉子もまた禎治郎と同じように必死に涙を堪えていた。

禎治郎は覚悟を決め身辺を整理し、久江に娘たちのことを頼んだ。久江は禎一を失った悲しみから、まだ充分に立ち直っていないように思われた。少しうつろな表情で、ただひたすらに強く健治を抱きしめていた。そんな久江を見ているといよいよ不安が大きくなり、パラオへ連れて来たことを詫びたい気持ちも膨らんできたが、意を強く持った。

月夜の晩に、島民のカヌーでアイミリーキのマングローブ林の水道から出発した。指切りをした二人の娘がカヌーを追いかけてきた。

「お父ちゃ〜ん。早く帰って来てよ」

「指切りだよ〜」

子どもたちの姿が月光を浴びて白く浮かんで見える。子どもたちの明日からの日々を考えると、思わず堪えていた涙がこぼれた。

「必ず、生きて帰ってくるぞ」

禎治郎はすでに何度かこの言葉を自分の心に言い聞かせてきたような気がしたが、再び繰り返した。いや何度も繰り返して子どもたちの姿を追い、丸い月を見上げた。

禎治郎が出征してから幼い葉子の手伝いはさらに重くなっていった。食料調達、おしめの洗濯、水汲み、台所の片付け、部屋の掃除等が主な仕事だった。峰子はまだ充分には手伝えなかった。

しかし、峰子にも父の意図が理解できたのか、花壇の百日草には、せっせと水をかけていた。芽が出て双葉が出始めたころだった。

「ペリュリュー島玉砕」の報が飛び込んできた。玉砕の意味を葉子は理解していた。島で戦っている兵隊さんや島に住んでいる日本人のみんなが死んでしまうことだ。ペリリュー島の戦いは、一九四四（昭和十九）年九月十五日から十一月二十七日にかけて行われた日本軍守備隊とアメリカ軍との戦いである。

葉子はペリュリュー島が父の出征地ではないかと思うと、大きな不安に襲われた。父は死んだのだろうか。お母ちゃんに聞いてみた。

「お父ちゃんの出征地はペリュリュー島ではないよ。それは噂だよ。お父ちゃんが死ぬわけがないよ。お母ちゃんは信じないよ。お父ちゃんは言っていたでしょう。必ず生きて帰ってくるよって。お母ちゃんはお父ちゃんの言葉を信じるよ。葉子は噂とお父ちゃんの言葉とどっちを信じるの？」

お母ちゃんの目には涙がにじんでいた。葉子にはどっちも信じられたので悲しかった。

葉子は母親の手伝いを続けながらも不安はぬぐいされなかった。峰子と百日草に水をかけながら、ふと思いついたことがあった。

「峰子、校長先生の所へ一緒に行こう。ね、お父ちゃんの出征地のことを教えてもらおう」

峰子は不思議そうな顔をして葉子を見つめた。

「お母ちゃんには内緒だよ。一緒に行こう」

葉子は峰子の手を取った。

校長先生は、アイミリーキ村の村長さんの家に住んでいるはずだ。校長先生ならお父ちゃんのことも知っているはずだ。どこで戦っているかも知っているはずだ。

ペリュリュー島には沖縄の人たちもたくさん住んでいると聞いていた。それに、沖縄から渡ってきたお父さんのお友達の隆二おじさんもペリュリュー島に住んでいるはずだ。隆二おじさんもそこで徴兵されたのだろうか。隆之くんや優美ちゃんは大丈夫だろうか。葉子はそんなことを知っているだけに心配だった。

校長先生は、心配顔でやって来た葉子と峰子の頭を撫でながら、やはり心配そうな顔で教えてくれた。

「ペリュリュー島玉砕はどうやら本当らしいな」

「でもね、葉子ちゃん、あんたのお父さんはね、ペリュリュー島ではないよ。ここと同じパラオ本島のジャングルの中の朝日村という所で戦っているはずだ」

葉子はほっとした。また涙がこぼれそうだった。涙は悲しいときだけでなく、嬉しい時にもこぼれるのだなと思った。

「お父さんは病気になってジャングルの中の野戦病院に入院していると聞いたよ。私の知っているのはここまでだ」

葉子はそれだけでも嬉しかった。お父ちゃんは生きているんだ。

「校長先生、有り難うございます」

「有り難うございます」

峰子も葉子の真似をした。

ペリュリュー島玉砕というのは、隆之くんも優美ちゃんも、兵士でない子どもたちもみんな死ぬことなんだろうか。このことは、恐くて胸が苦しくなったのでとうとう聞けなかった。

校長先生の傍らにいた村長さんからは、お土産にと一房のバナナを貰った。お母ちゃんに黙ってきたけれど、お母ちゃんのお土産にしようと思って村長さんにもお礼を言った。

禎治郎の部隊は校長先生が言うようにジャングルの中の朝日村に駐屯していた。

禎治郎はアイミリーキのマングローブ林の水道を抜けて子どもたちと別れた後、翌朝早く集合場所と指定された第一国民学校の運動場に出かけた。多くの人々が集まっていて点呼が行われ、一揃いの軍服が支給された。第一、第二国民学校の教員を始め、郷里から移住してきている見知っている人々も数多く召集されていた。禎治郎は二等兵だった。

そこで、将校や士官兵らからの訓示や訓練を受けて、アンガール島、ペリュリュー島、パラオ本島へと配属先が決められていった。配属先を決める直前の整列後の点呼で、沖縄県出身者が呼び集められ、配属された将校から訓示を受けた。

「我が軍は沖縄県出身者の忠誠心を高く評価し敬意を表する。その犠牲的精神は日本国の誇りである」

将校はそのように言って激励した。その後、さらに次のように言った。

「このパラオにも、沖縄県出身者は多く来ている。嬉しい限りだ。漁業関係者も多く、泳ぎも達者だと聞く。泳げる者は手を上げろ」

禎治郎は、ふと不吉な予感を覚えて手を上げなかった。手を上げた者は皆前に進み出ていた。そしてそのほとんどがペリュリュー島守備隊に配属された。

禎治郎はパラオ本島に属する通信隊「照一〇四部隊」に配属された。パラオ本島朝日村のジャングルの中での軍隊生活が始まったのである。

戦況は次第に悪化し サイパン島の玉砕、ペリュリュー飛行場の爆破などが伝えられた。禎治郎の部隊もジャングルの中とはいえ、昼夜を問わず米軍機からの空襲もあり軍艦からの艦砲射撃もあった。ペリュリュー島を取り囲んでいる米軍艦めがけて特別攻撃隊「人間魚雷」が編成され、戦果が針小棒大に報道された。

人間魚雷の戦術は主として泳ぎの達者な沖縄県出身者が選ばれた。小型爆弾を抱えて夜間泳いで敵艦に接近しスクリューの爆破に当たるものだった。泳いでいると暗夜の夜光虫が海中でぴかぴかと光り、日本軍襲撃と察知され、途中で銃撃され戦死することも多かった。また珊瑚礁まで渡り身を潜めて待機しておき上陸する戦艦に爆弾を投げつけろ、との命令もあった。生きては帰れない人命を無視した作戦だった。禎治郎が不吉な予感を抱いたとおり沖縄県出身者の多くがこの作戦の犠牲になった。禎治郎も手を上げていたら命を失っていたかもしれない。とっさの判断が禎治郎の命を救ったのだ。

空飛ぶ飛行機は星のマークのついたグラマン機やロッキード機だけで遂に最後まで日の丸マークのついた飛行機を見ることはできなかった。海上にも地上にも無数に投下される爆弾の破裂音や天にも届くほどの黒煙がもうもうと高く吹き上がるのが毎日のように見られた。ジャングルの中でも、空中からの射撃を受けて犠牲になる者、艦艇から砲撃され爆弾の直撃を受けて死亡する者、外傷はないが爆風によって死ぬ者、さながら修羅場のごとき有り様であった。

禎治郎は初めて身近で爆弾を受け苦しんで死んでいく仲間を見たが強い衝撃を受けた。

大東亜戦争勃発以来、日本国民は天皇陛下のために尽くすことを本分とし、御国のために死ぬことを最大の名誉とした。死ぬことをも恐れず一人でも多く敵を倒すことが最大の美徳と教えられてきた。また教えられた子どもたちも、これを信じてきたが、次第に戦況の不利に伴い、もがき苦しんでいく戦友らを見ていると、戦争の大義も信じられなくなった。何のために戦うのか、なぜ死ぬのか、なぜ死なねばならないのか。理解していたことが爆風と共に吹き飛んでいくようだった。

食べ物も次第に減り、栄養失調者が続出した。禎治郎も脚気《かっけ》になり、さらに持病の肋膜炎が再発したため、ついに野戦病院に入院した。しかし、このことが戦場で生き延びることのできた二つ目の幸運だったかもしれない。米粒が浮かんでいるように見えるお粥の病人食は益々栄養失調が進行するようで、次々に隣に寝ていた戦友が死んでいった。

それでも野戦病院のベッドは、米軍に狙われる危険や不安は少なかった。ある時、食事ごとに毛布を被り静かに寝ていた戦友が病死したが、だれも知らない。運んできた食事は隣の病人が平らげていた。

禎治郎には入院中での忘れられない思い出も幾つかある。その一つが、幼い葉子と妹の峰子が、小さな甘藷を二つ三つ、時には卵や魚を土産にして、避難地のアイミリーキから野戦病院まで届けてくれたことだ。野戦病院からは八キロほども離れたジャングルの道を、爆音を避け、恐怖に怯えながらも、母親に頼まれた食料を届けようと必死になってやって来る娘たちの姿を見て感涙にうるんだものだ。訪れた最初の日には、猿のように痩せてベッドに伏せた父親の変わり果てた姿を見て後退っていた子どもたちが、禎治郎だと分かって泣いて抱きついた姿も忘れられない。そんな子どもたちの姿を見て生きねばならないと強く思った。このことも戦場で生きる力になったのは間違いない。

餓死状態の者には恥も外聞もない。隣に寝ている戦友が少しばかりとの懇願もあったが、馬耳東風で、小さな薩摩芋一個と腕時計との交換の申し出を拒絶した。

ある時、せっかく母親の真心こめて持たせた食料品が、途中憲兵の検査を受け、大部分を強奪され、泣きながら野戦病院まで来た子らの姿もいじらしいものだった。葉子が入学した小学校もすぐに閉鎖され、家族も飲まず食わずの毎日を強いられた日々を、辛うじて生きた子どもたちの見たものは、何であったのだろうか。

八月六日広島、八月九日長崎に人類初めての原子爆弾が投下され、八月十四日無条件降伏、八月十五日天皇の詔勅《しょうちょく》が全国に放送され、一億国民は泣いた。疎開で一家全滅した家族、直撃弾で戦死した戦友、栄養失調で悶々の中に枯れ木のように生涯を終えた者、家族の中で一人だけ生き残った者、五体満足でない者がいかに多いことか。

一体この戦争で私たちが経験したことは何だろうか。「鬼畜米英」「撃ちてし止まん」「一億玉砕」など数多くの標語が生まれ、竹槍を持ち、真実を教えられず、ただひたすらに御国のために戦い、死ぬことを男子の本懐と教えられ、神国日本の勝利のみを信じた。軍国主義教育の力の恐ろしさだけが残された。もし、多くの国民が真実を知っていたら、自決や餓死もせず、国民の犠牲も最少限度に食い止められたであろう。

教壇で共に情熱を燃やした多くの先輩方、多くの国民、同窓生、同期生も多数戦死した。生き残った者は戦死者の霊を慰め、彼らの分まで生きて、常に真実を知り、再び戦争を起こさないように努力する義務がある。

禎治郎には終戦と同時に多くの感慨が沸き起こってきた。栄養失調で衰弱した身体を引きずりながら、家族の疎開しているアイミリーキの小屋までたどり着き、抱き合って互いに死線を突破して生き延びた喜びを分かち合った。

南洋庁に務めていた姪の昭子は、終戦間近になって解散を命じられアイミリーキの我が家に訪ねてきてくれていた。

終戦になって禎治郎がアイミリーキに戻っていることを知って、島民の子どもたちが数名、いち早く避難小屋を訪問してくれた。

「アメリカ兵は親切で、食料も豊富にくれる。鬼畜米英は嘘だったのかな」

開口一番にそんなふうに言われた言葉に大きなショックを受けた。

沖縄玉砕の報が耳に入っていたので、父禎助や母ウトのこと、そして兄禎吉家族のことが大きな不安になって禎治郎の心に立ち上がっていた。

11

日本国の敗戦により、パラオ在留の日本人はそれぞれの郷里に引き揚げることになった。禎治郎にとっては四年間のパラオ生活との別れになった。それは久江や葉子にとっても同じである。葉子は八歳になっていた。パラオ第一国民学校入学と同時に休校になっていたが、子どもたちにも子どもたちの日々と時間があったのだ。

パラオにおける敗戦直後の米軍の占領下でも、戦時中と同じようにいろいろな流言飛語があった。しかし、米軍は総じて在留邦人に寛大であった。食料も配給され、黙認で出漁もでき、久しぶりに鰹の刺身まで口にすることができるようになった。当たり前の日々が戻りつつあった。

間もなく「在留邦人引き揚げ者協会」ができて引き揚げ者は病人、老人、婦女子の順で、これを優先的に実施するようになった。アイライの波止場周辺に続々と集まる引き揚げ者の群れは、悲喜交々の群衆であった。

日本の駆逐艦が輸送に当てられた。武装を解除された軍艦というものは粗末なものだった。禎治郎たち沖縄県民にはなかなか声がかからずに、いつになったら帰れるのだろうかと不安も広がっていた。当時一般在住日本人はすべて早期引き揚げを希望しておりその乗船順位の決定には関係者も苦労していた。引き揚げ者の輸送はすべて海軍側と米軍との間で協議され一般住民は乗船までの手続きをすれば良いことになっていたが、本決まりになるまでは相当の日数を要した。携行品や所持金についても前もって制限され、引き揚げ者はその選択に苦慮した。

引き揚げ者の携行品は、

一、身の回りの品を背負われるだけ。

一、現金は一人二千円を限度とする。

一、預金通帳などは持ち帰られない。

これが初めに示された条件だった。ところがこれにはいろいろと異議が出た。対策協議会が何度も開催され、やがてこれらの条件も緩和されて布団類まで持ち帰ることができるようになった。現金などは布団の中に縫い込み、あらゆる手段を講じて持てるだけみんな持ち帰った。

一時は、波止場で厳重きわまる携行品検査が米軍によって行われた。小さな風呂敷包みまで検査され、一品でも身の周り品でないものが見つかると、持ち物全部を取り上げられた例は数多くあった。波止場を離れた後には、それらの取り上げられた品々が山をなし、米軍はそれに火をつけて焼き払った。ある物は島民が競って持ち帰った。

邦人引き揚げ者も次第に減少し、沖縄人は最後になった。玉砕した島に多くの米国人が駐留し、基地が築かれて米国軍の支配を受けていた。島民は引き揚げ者に同情的だった。

禎治郎の周りには、公学校で教えた多くの教え子たちがやって来て、禎治郎を取り囲み別れを惜しんだ。

葉子にも、テークやイチエとの別れがあった。周りの大人がするように葉子たちも抱き合って別れを惜しんだ。

戦時下の避難地アイミリーキで命をつなぐことができたのは、テーク家族の温かい援助があったからだと、葉子は幼心にも感謝の思いがあふれていた。卵や魚や、時には肉までも野戦病院に入院している父親に届けることができたのだ。もちろん、久江もこのことを重々承知しており、頭を下げ、感謝の思いを伝えていた。

南洋庁に務めていた禎吉の娘昭子も一緒の帰郷だった。

禎吉が語る昭子の日々や、昭子が語るパラオ戦も、辛うじて命を長らえた悲惨な日々だった。

昭子がパラオに渡ってきたのは一九三七（昭和十二）年七月で、十五歳の時だった。父禎吉がパラオに渡ったのは一九三一（昭和六）年のことだったから六年遅れのことになる。

禎吉は郷里から先陣を切っての渡南であったので不安も大きかったのだろう。長男の吉夫と、次女の昭子を父禎助の元に預けてのパラオ行きになったのだ。特に二人のための教育環境が心配だった。

昭子のパラオ滞在は引き揚げまでの八年間、十五歳から二十三歳までの多感な青春時代を過ごしたことになる。その八年間の中でも後年は、昭子にとって生死を分かつ戦乱の日々であった。同時にパラオは昭子の青春、いや人生そのものだったかもしれない。

禎吉は漁業で成功し、続いて手広く商売を始めていた。魚は豊富だったから生け簀を作り、いつでも料亭などに出荷できるように工夫をした。さらにパラオは建築ラッシュだったから、それを見込んで友人と一緒に砂バラス工場も立ち上げた。そして自らも家を建築して貸し屋業もやっていた。さらに現地の人たちを雇って養豚業もやっていた。

パラオは沖縄の人たちが多かったが、移住者は年を重ねるごとにどんどん増えていき賑やかな繁華街ができた。ショッピング街や飲食街もできた。歓楽街もあり映画館や芝居小屋もあった。ヤンバルでは考えられないような賑わいだ。昭子はそんな活気のある町で青春期を送ったのだ。夢のような日々であったはずだ。

昭子は、パラオに渡るとすぐに南洋庁に就職した。禎吉はもう地元では顔が利《き》くようになっていた。郷里大兼久の人たちだけでなく移住して来たウチナーンチュ（沖縄人）全体のリーダー格として活躍していた。

南洋庁にはヤマトからやって来た役人が多かったけれど、禎吉には何人もの友人もいた。そこで、昭子の仕事を世話してもらったのだ。だれもが憧れる南洋庁だ。昭子は若くして南洋庁に勤めることができたのだ。もちろん十代の昭子の最初の仕事は、お茶汲みからである。

昭子は採用されると、持ち前の明るさでだれからも可愛がられた。職場の先輩から、最初は遊び心でタイプ打ちを習った。優しく教えてくれる先輩がいた。でもこのことが昭子の運命を変えたかもしれない。

昭子は手先が器用だったからめきめき上達した。そして、やがてはタイプ打ちを任されるようにもなった。南洋庁もタイプ打ちは喉から手が出るほど欲しかったようだ。お茶汲みから事務職員になった。それこそカッコイイ公務員、モダンガールだ。昭子も職場が楽しくて、誇りを持って仕事をした。

昭子は器量も良く、チュラカーギ（美貌）で賢い子だったから、すぐに南洋庁のマドンナになった。昭子の隣りに机を並べたがる若い男の人もいたらしい。

南洋庁には従姉の夏子と一緒の採用だった。夏子は昭子より二つ年上だったけれど、夏子の家族も南洋に渡って来ていた。昭子は、仕事も職場も、とっても楽しかったと言っていた。

仕事が終わると、みんなでお茶を飲みに行ったり、食事に出かけたり、芝居を見に行ったりした。男の人に誘われて映画を見に行ったこともあったという。昭子にもきっと気に入った男の人がいたかもしれない。

夏子は、ヤマトンチュ（大和の人）とは恋愛するな、と親から厳しく監視されていたようだ。ヤマトンチュにもいろいろな人がいるのに、親しく付き合うことは許されなかったのだ。夏子の母親は、若いころ紡績でヤマトに働きに行ったけれど、ひどい目に遭ったことがあると言っていたから、そんなことも理由になっていたかもしれない。

昭子はタイプを習い始めて間もなく、向学心に火がついたんだろう。周りの人には負けたくない。タイプがもっと上手になりたい。なんとか新しい技量を身につけたいと考えて、東京の専門学校「日本タイピスト女学校」へ留学して勉強することを考えた。上司に相談すると笑顔で許可してくれた。帰ってきたらその技術を生かしてさらにお国のために頑張れと言われ、南洋庁での再就職も約束してくれた。昭子には願ってもないことだった。

東京で学んだのは一九三九（昭和十四）年から一九四〇（昭和十五）年までの一年間。東京での生活も昭子には有意義だったんだろう。昭子の器量をさらに磨き上げて美しい女性へ変貌させていた。

パラオに帰ってきてからは、約束通りタイピストとして南洋庁に再就職することができた。

昭子の器量は以前にも増して輝いていた。言葉遣いも仕草もだ。同僚の夏子が羨むほどだった。上司からも同僚からも可愛がられた。可愛がられただけでなく仕事も無難にこなしたので、徐々に責任ある仕事も任されるようになった。人生に黄金時代があるとすれば、まさにそのころが昭子の黄金時代だろう。

昭子は、退庁時には習い事にも通い、日舞、なぎなた、洋裁、和裁等も身につけていた。特に日舞は東京でも習ったから、南洋庁が主催する祝祭や軍艦で開催される宴会に呼ばれて披露するほどに上達していた。可愛い舞を披露したんだ。まさに十七、八歳の娘盛りだ。禎吉兄も言っていた。昭子は町中の噂になっていたよって。わしの誇りだけでなく、ウチナーンチュ（沖縄）の誇りだよって。

ところが、パラオにもいよいよ戦争の足音が大きくなってきたんだ。海軍の次に陸軍がやって来た。パラオは小さな島々からなる国だがその中心となる島はコロールだ。南洋庁はコロールにあって、南洋諸島を管轄する日本国家の出先機関だった。

昭子は、上司の信頼も勝ち得ていたから軍事機密をタイプする役職にも抜擢され、ホテルに缶詰にされて極秘文書を打つ機会も増えていた。それだけに国家の動向や、軍の行動もいくらかは把握することができた。でも上司の癖のある字を解読するのには時間がかかったと、笑って思い出話を語ってくれたことがあった。

いよいよ南洋諸島でも戦禍が避けられないことが分かると、南洋庁はパラオに住む人々へ出身地へ帰るように勧めた。戦場になることを恐れ、移住者へ疎開を勧めたんだ。そのためパラオを去る人々も徐々に増えていった。内地の人々は内地へ、沖縄の人々は沖縄へ、次第に故郷へ帰る人々が増えてきた。その乗船名簿を作るのも昭子の仕事だった。

丁度そのころ、禎吉は思案の末に妻や子どもたちを連れて沖縄へ戻ることを決断していた。決断の大きな理由は、郷里の老父母に預けていた吉夫が特攻隊を志願し本土の航空兵養成学校へ入学すると聞いたからだ。

禎吉はそれを聞いて急いでパラオを離れたんだ。もちろんパラオの地で育った二人の娘の礼子と富子も一緒だった。次男の信治は名護にある三中で勉学に励んで貰いたいと、一足先に郷里に帰していた。

しかし、昭子は違った。パラオに残ることを決断したのだ。南洋庁の職員として南洋庁と運命を共にしたい。そう考えるようになっていた。また上司からは貴重な戦力だと信頼もされていたのだ。

禎吉にとっては思いがけない昭子の決断ではあったが、昭子の明快な決意を聞いて、かえって気持ちに整理がついたと言っていた。娘が望むなら、パラオの土に還らせてもよい。それほどに娘はパラオに染まっていると思ったようだ。

禎吉のパラオでの日々は十四年二か月余にも渡る長き歳月を数えていた。その歳月を振り返りながら、禎吉は引き揚げ船に乗ったんだ。一九四四（昭和十九）年の春だ。

禎吉たちが去ると、すぐに米軍機からの空襲が始まった。停泊する軍艦やコロールの軍事基地が狙われた。続いて官公庁の建物が狙われた。パラオに駐屯する兵士たちも殺気立ってきた。昭子は荒んだ兵士たちに後を追い回され、身の危険を感じることも何度かあったという。

禎治郎はアイミリーキに避難するとき、昭子も一緒に来ないかと誘ったのだが、最後まで南洋庁職員と行動を共にしたいとの理由で頑なに断られた。

「禎吉兄さんと、あんたを守ると約束したんだ。危なくなったらアイミリーキに来るんだよ。いいか、絶対に死んではいかんぞ。いいな」

禎治郎の言葉に昭子は笑みを浮かべてうなずいた。禎治郎はそれを信じてコロールを後にしたのだ。

パラオの中心地はコロールだ。南洋庁もコロールにあった。だから昭子は南洋庁が機能している間はコロールに留まった。上空を飛んでいた米軍機が次々と低空飛行して機銃掃射をする。昭子はあの音はいつまでも忘れられないと言っていた。実際、狙われて機銃掃射されタコツボに飛び込んで助かったこともあったという。昭子が飛び込んだタコツボが機銃掃射され土埃を上げる。昭子はもうヤラレタと思った職員の目の前に、埃だらけの姿を現したときは、みんながビックリして拍手を送ったという。

南洋庁の庁舎の周りに、職員みんなで力を合わせて防空壕を掘ったり、タコツボを掘ったりしたという。それが役に立ったんだ。壕から壕への伝令で職員は機銃掃射を避けて走り回ることも多かったようだ。その戦乱のさなかを昭子は生きたんだ。

大型爆撃機のB29も飛んできた。一挙にたくさんの爆弾を落とした。町も軍事施設も燃え上がった。昭子は上司と一緒にコロールの町を必死に逃げ回った。爆風で吹き飛ばされたこともあった。戦場を生き延びたことを不思議に思うことが何度もあるとも言っていた。何度か死の隣りに立ち竦んでいた。実際周りには機銃掃射や爆弾で死んだ同僚たちの遺体が転がっていたのだ。

やがて、昭子たちも町を離れてジャングルに逃げ込んだ。ジャングルでは食べ物がなくて職員の中から餓死する人々も出始めた。南洋庁職員にはジャングルの中で解散命令が出た。それを契機に昭子は禎治郎たちの家族を頼ってアイミリーキに避難した。そこで久江や幼い娘たちと再会する。もちろん禎治郎は召集されていなかったけれど、みんなで力を合わせて生き延びたんだ。

戦争が終わって引き揚げるときに、港で出会った南洋庁の仲間や上司が、昭子の肩を叩いていた情景が目に浮かぶ。

「昭子、よく頑張ったなあ。よく生きていてくれたなあ」と。

その言葉に昭子は涙をふいていた。

そして昭子は禎治郎に言っていた。

「戦争は生きるも運、死ぬも運なのかねと思うよ。それが戦争なのよね。私は、たまたま運が強かっただけ。ペリュリュー島に渡った南洋庁職員は全員死亡、そこで働いていた郷里の人々も全滅だよ」って。

生き残ったみんなは、再会を期してパラオを引き揚げたんだ。沖縄玉砕と聞いた昭子の元同僚たちは、一緒に内地へ引き揚げようと昭子を誘ってくれたようだが、昭子は感謝しながら断ったようだ。沖縄玉砕であればなおさら、ヤンバルの両親や家族のことが気になったんだ。昭子は禎治郎家族と一緒に手を携えて沖縄へ引き揚げたんだ。

12

禎治郎は故郷へ帰る引き揚げ船の上で、パラオの山々を眺めながら、昭子の戦争だけでなく過ぎ去った歳月に思いを馳せた。それは船上のだれもが同じ思いであっただろう。だれもがパラオでの唯一の歳月を必死の思いで生きたのだ。

禎治郎にはトラック島での農業技師として過ごした日々、パラオの公学校で子どもたちと一緒に菜園を耕し魚を捕った懐かしい日々。そして、やはり禎一を失った無念の日々も強く蘇ってきた。禎一は禎治郎の真似をして物差しを帯剣代わりに腰に差して、よちよちと歩いていた。死後にもわが子の年齢を数えると言われているが涙がにじんできた。

目を閉じると、見えなかった沖縄、故郷の風景も見えてきた。サイパンに渡った友人清は戦死した。久江が飴作りを教わった清の奥さんも子どもたちも全滅だ。ペリュリュー島に渡った同級生の隆二は人間魚雷で戦死した。残された母子はこの引き揚げ船より一つ前の船に乗って故郷へ帰った。パラオで兄の漁業を手伝っていた悦郎は、漁船がパラオとペリュリュー島との間を往復する兵士輸送や物資輸送船として徴用された。その漁船が狙われた。悦郎の兄は船上で飛行機に銃撃され死亡、悦郎は浜に突っ込んだ漁船から辛うじて脱出、左腕を銃撃されたが生き伸びて故郷の土を踏むことができる。禎治郎と抱き合って帰郷できる幸運を喜んだ。

国の政策をも支えにして渡南してきた同郷の人々は、何名が犠牲になり、何名が無事に帰郷できるのだろうか。昭和十二年ごろのパラオの日本人在留者は約一万一、〇〇〇人でその四割強が沖縄県出身者であったという。太平洋戦争中パラオに住む日本人男性の多くが現地日本軍の召集を受けるが、沖縄県出身者三、〇五九人が現地で徴兵され、六六四人が戦死したとされている。

禎治郎は、生きることの偶然や命のはかなさ、時代の坩堝で自らも回転し周りを見渡すことのできなかった己の不甲斐なさを恥じた。帰郷後も、さらに困難が予想される戦後を生きねばならないのだ。パラオの山や川は、どのような思いで、禎治郎たちを見送っているのだろうか。

四年間のパラオでの日々だったが、やはり忘れることのできないことが次々と浮かんでくる。久江や子どもたちのことだけでなく、現地の人々との交流や公学校での子どもたちとの思い出も懐かしく蘇ってきた。特に女子は編み物が得意であり、男子は椰子細工の技能が優れていた。この技術を島の産業の上に役立たせ、彼らの経済生活に活用し得ないものか。あの美しい珊瑚の海、椰子の緑、マンゴーの並木、南十字星、林間から漏れる島民のコーラス等、まったく平和で詩的で魅力ある島であった。また、南国の香り豊かな果物の味も格別であり、海の幸、なかでも鰹《かつお》、イカ、エビ、カニ等の刺身や料理は懐かしい思い出の味覚である。美しい常夏の国パラオでの生活は短かったが、思い出は尽きない。

禎治郎家族は一九四六（昭和二十一）年二月二〇日、最後の引き揚げ船に乗船した。禎治郎はノートを取り出し、浜辺で手を振り続ける教え子たちへ思いを馳せながら、この日の感慨を留め置くために鉛筆を走らせた。

この日パラオは稀に見る好天気だった。見上げる大空には雲一つない快晴、椰子の葉が微風を受けてそよいでいる。海岸の紅樹林（マングローブ）の線は美しい。アイライの山、アルミズの港、すべてが静かに何事もなかったかのように悠久に続くコロールの自然の美しさを讃えている。私たちは今思い出の多いパラオ諸島、コロール島を離れようとしている。島を守るために屍をさらしても悔いないと誓った身で、いま去れば、いつまた来ることができるか分からない。こうして過去の数々の思い出が走馬灯のように、私の脳裏を去来して万感胸にあふれる。

在留日本人、特に沖縄人最後の引き揚げだというので現地民も早くから波止場に集まって別れを惜しんでいる。この人たちの中には、公学校で教えた子どもたちの顔も多数見えた。引き揚げていく沖縄人の間には、現地人の妻や最愛の子まで残さなければならない者もいる。最後まで沖縄帰還を拒否し、現地人妻と子どもに見守られて生涯を閉じるであろう者もいる。生きて相会する時をも知らずに南北に遠く離れて行く人々、ああさらばコロールの島よ、パラオの椰子林よ、今この目に映るすべてのものよ。私は振り返り振り返り心を込めて彼ら島民の上に幸多かれと祈った。

輸送船はアルミズの埠頭を離れた。島民の間から、いつのまにか蛍の光の歌声が聞こえてきた。声は次第に大きくなり、しかもその声は涙声に変っていった。

引揚船は静かに環礁の外へ出た。コロール公学校で教えた子どもたちの顔と名前が次々と浮んでいつまでも忘れられない。テーク、オムテロウ、サムエル……。さようならパラオ、さようなら私の日々。過ぎ去った時よ、思い出のパラオよ……。

第二章

1

パラオ沖縄間の海の色は五年前と変わらなかった。空の色も変わってはいなかった。風に色があるとすれば、たぶん風の色も変わっていなかったはずだ。変わっているのは船上の人々の心だ。少なくとも単一な希望に塗り込められた色ではなく、複雑な色が重ねられていたであろう。悲哀も絶望も、命長らえてふるさとに帰る希望も混ぜ合わさった色だ。

思い出の国、常夏のコロール島を出発した引き揚げ船は、途中グァム島に寄り、その後は一路北進、沖縄へ向かった。パラオが遠ざかると、やがて懐かしい感慨も薄れていき、逆に目前に迫ってくる沖縄での戦争のこと、ふるさとや家族の消息のこと、また新しい生活への不安や期待が船中での話題の中心になった。

沖縄では県民の三分の一から四分の一の人々が犠牲になったと聞き、悲運に顔を曇らせ、わずかな幸運から沖縄へ帰ることのできる身の上を感謝した。同時に船上では、沖縄で同じ地域を有する人々が自然に輪を作り、新しい町や村を再建するにはどうすればよいか。町長や区長をだれにするかなど、具体的な対応策まで話が飛びかった。

長い航海の途次では、生きて帰ることの喜びを分かち合い、互いに励まし合うために演芸大会も開催された。沖縄の歌、沖縄の踊りが飛び出し、特設会場の雰囲気は敗戦国の悲しさや無念さをも吹き飛ばすほどの賑わいであった。

葉子と峰子が腰蓑を着け、いつの間に覚えたのか南洋の島人の踊りを披露して大喝采を浴びた。

主はアバイでこの月を　私は浜辺でただ一人
せつない思いは、アアー、気がもめる
エプロイ　エプロイ

観客からは「エプロイ、エプロイ」と大きな掛け声があがり、自然に手拍子つきの大合唱となり、葉子と峰子はさらに可愛く腰を振った。口笛や賽銭の投げ込みなどもあり、いつの間にか毎晩の出し物になっていた。

一九四四（昭和十九）年二月二十五日、空襲警報発令中のコロールで生まれた健治は、避難生活のさなかで食料不足などもあり、身体は細く小さかったが、洋上で満二歳の誕生日を迎えた。いよいよ戦争が終わったことを実感した。

パラオを出港してほぼ十日余りが過ぎたころ、故郷沖縄の島々が近くに見えてきた。島の周りの海上には、多くの米国軍艦や輸送船がどっかりと錨を下ろしていた。一九四六（昭和二十一）年三月六日、中城《なかぐすく》湾岸の久場崎に上陸第一歩を印した。

久場崎には多くの天幕小屋が建ち並び、海外から引き揚げてきた人々が収容されていた。その受け入れ準備を担当している人々の慌ただしい動きが目についた。各市町村別に建設されている天幕小屋に割り当てられたが、南洋パラオからの引き揚げ者は大宜味村出身者が多く、何かと便利で不安もなかった。しばらくして割り当てられた指示を受け米軍トラックに分乗して郷里大宜味村に向かった。途中の道路周辺の風景は変わっていて、場所は全く見当がつかないくらいに変貌して激戦の後がしのばれた。

北部へ進むにつれていくらか緑が残り、家屋もあり、沖縄独特の赤瓦の屋根も見えてきた。

いよいよ生まれ故郷の地を再び踏むのかと思うと胸の高鳴るのを抑えがたかった。

大兼久の村に到着しトラックを降りると、目に入ったのは、小学校も全焼し部落内の家屋も大部分は焼失している風景だった。不安のままに実家に向かうと、老いた老父母が飛び出してきた。実家は幸いにも被害を最小限に食い止めて残っていた。

「ハメハメ（あれまあ）、よく帰ってきた」

「よく生きて帰ってきた」

七十歳を過ぎた老父母の禎助とウトは、だれかれと構わずに禎治郎の家族を抱きしめ身体を撫で頭を撫でた。南洋から一年前に帰還した兄禎吉家族とも抱き合って再会を喜んだ。禎助とウトは、長い戦争の疲労で額のしわも増し腰も曲がったように思われて、禎治郎は涙がこぼれそうになった。

沖縄戦は、アメリカ軍が一九四五（昭和二十）年三月二十六日、那覇市の西にあるけ慶良間《けらま》諸島に上陸して始まった。アメリカ軍は本島への上陸作戦を周到に計画していた。四月一日に沖縄本島中部の西海岸読谷《よみたん》村・北谷村に上陸すると一気に東海岸の石川まで進み南北に分断した。そして南と北に分かれて航空機の援護や艦砲射撃の援護を受けながら戦車を先頭に押し立てて突き進んだ。南に向かったアメリカ軍は日本軍三十二軍の本部があった首里城を目指し軍を進めた。首里城跡地下壕に軍司令部を置く日本軍の前線基地となった嘉数《かかず》高台、前田高地などでは激しい戦闘が繰り広げられた。日本軍とアメリカ軍との戦闘は住民をも巻き込みながらひと月余も続く激しいものであった。

沖縄での戦闘は六月二十三日未明に第三十二軍の牛島満司令長官と長勇参謀長官が自決したことにより組織的戦闘は終結したとされているが、その後も沖縄本島や本島以外での局地的戦闘が引き続き行なわれており、南西諸島守備軍代表が降伏文書に調印したのは九月七日のことであった。

この約三~五か月の間の戦闘で亡くなった犠牲者は、米兵、日本兵及び一般住民を含めた合計で約二十万人余と言われている。犠牲者の内訳は米国側は一万二、五二〇人。日本側はその十五倍の十八万八、一三六人が亡くなったとみられる。このうち沖縄県出身以外の日本兵は六万五、九〇八人、沖縄県出身の軍人・軍属(正規の軍人、防衛隊や学徒隊など)は二万八、二二八人。そして一般県民が最も多く九万四、〇〇〇人とされており、住民の死者を多数出したことが沖縄戦の特徴の一つだとされている。生きながらえて戦後の出発を飾った人々にも、親族や家族が犠牲になった人々がほとんどであった。

禎治郎たちはパラオから引き揚げてきたものの、いまだ郷里も混乱の中にあった。様々な悲喜劇が語られていた。例えば夫を戦争で失った妻と、妻を戦争で失った夫が、幼い乳飲み子を抱えて新しい家族を作って戦後を出発した。いつまでも帰ってこない夫を諦めて、再婚して出発を決意した妻の元にやっとの思いで帰ってきた夫婦の悲劇もあった。だれもが一人で戦後を出発するには悲しみの荷は余りにも重すぎたのだ。

禎治郎の四人の兄弟家族も、また久江の八人の兄妹家族からも犠牲者が出ていた。禎治郎の長兄の禎吉家族は長男の吉夫が特攻隊を志願したが、航空兵としての訓練中に終戦になったのは幸いだった。次兄の禎勇家族は大黒柱である本人が犠牲になった。三兄の禎蔵家族は、本人が防衛隊に召集されている間に、山中に避難していた幼子の死と母親敏子のマラリヤでの死があった。そして四男の禎治郎はパラオで生まれた長男禎一を失ったのだ。

久江の親族も犠牲を免れなかった。長兄信一郎の娘が避難中の山中でハブに咬まれ犠牲になった。次姉梅代の夫は戸畑で徴兵されてフィリピンの戦線で命を落とした。死亡場所は定かでなく遺骨のない死者だ。次弟の信忠《のぶただ》は乗船していた軍艦が台湾沖で撃沈され漂流しているところを運良く救助された。長兄の長女は三高女で勉学中に「なごらん学徒隊」として結成された急造の看護師として戦地へ出かけたが辛うじて死を免れた。

村では死を免れた人々の悲喜交々の物語が語られ噂された。もちろん禎吉や久江の親族だけでなくすべての村人の様々な悲喜劇があった。しかし、最も悲惨な体験をした死者たちは自らの物語りを語ることはできないのだ。逆に生き延びた人々には、数奇な運命に感謝し語るべき物語が無数にあるように思われた。

その一つに、禎吉の長女カツ（勝江）の美談もあった。

カツさんは一九一八（大正七）年八月十日の生まれだ。結婚したのは一九三九（昭和十四）年十一月二十五日。戦争直前で二十一歳の若さで松川勝江になった。嫁ぎ先の松川家は、村でも一、二位を争う名門だった。

カツさんの結婚相手の松川善光は二歳年下で十九歳。代々ガンス（位牌）を引き継いできた松川家の長男家の長男だった。嫁いだ当時は、松川家は村で「三衆館」という旅館を経営していた。盛大な結婚式もその旅館で行われた。そのときは、パラオから禎吉夫婦が参加した。

ところが、カツさんの夫はすぐに徴兵された。新婚生活が半年にも満たない日に、夫の善光に召集令状が来たのだ。一九四〇（昭和十五）年のことだ。刻々と迫る戦争はだれにも容赦はしなかった。善光はその日から八年間、新妻を残して消息を絶ったのだ。

実際、善光は内地での訓練期間は手紙のやり取りもできたが、外地へ出兵した後は、戦地を転々として軍の機密でどこに居るのか分からなかった。

カツさんは、それでも夫の帰還を信じて待ち続けた。舅、姑と共に、旅館経営に精を注ぎ込んだのだ。

カツさんが若い年齢で若い跡取り息子の嫁に迎えられたのは、カツさんの器量や評判になっていた働きぶりが大きかった。舅や姑は、カツさんが嫁いでくると台所の賄いをすべて若い嫁のカツさんに任せた。旅館が忙しい時期には、村の婦女子を二、三名臨時で雇い入れた。

旅館は、近隣の道路工事や林業に従事する人など、県や国から派遣されて来る人々の宿泊所として賑わっていたが、戦争の足音が大きくなるにつれて、客足は少なくなり、やがて途絶えた。一九四四（昭和十九）年の十・十空襲を端緒に、村にも空襲が始まり、戦争がやって来たのだ。村人は一斉に村の背後の山々に逃げ込んだ。防空壕を掘り、避難小屋を作って、そこに持てるだけの家財道具を運び込んだ。

舅は長いつき合いのある隣村のYさんの建てた炭焼き小屋を避難小屋として貸してもらった。カツさんはそこで避難生活を始めることになる。炭焼き小屋で舅姑と三人寝食を共にした。

ところがある日、村へ降りていった舅が、日本の兵士を二人連れて戻ってきた。カツさんも姑も驚いた。

姑は小声で舅につぶやいた。

「ヤマトゥの兵隊は怖いよ。スパイ容疑で殺された人もいるってよ。村の人たちもワンナー（私たち）が、兵隊を匿《かくま》うと心配するよ」

舅は答えた。

「息子の善光も見知らぬ土地で戦っているのだ。心細い思いをしているだろう。友軍の兵隊に親切にしてやることが何が悪いか」

そう言うのだ。舅の説明は、さらにカツさんと姑に小声で続けられた。

「二人は伊江島からやって来たというが、戦闘が激しくなって、伊江島に戻る船が調達できなくなった。それでどうしたらいいか迷ってヤンバルまでやって来たというんだ。やっては来たもののどうしていいか分からない。腹が減って食べ物がないかと人家を覗いているところをわしが見つけた。そこで事情を聞いて、一緒に避難することにした」

「エエ、アンヤミ（あれ、そうだったの）」

「おばあ、食べ物があったら何か分けてあげなさい。カツ、わしのフルギン（古い着物）を貸して、着替えさせなさい。シマンチュ（村人）と同じ格好をさせるんだ。兵隊にはそう言ってある」

「ウウ（はい）」

カツさんも返事をする。夫の善光の名前を久々に耳にする。少し顔を紅潮させて二人の日本兵に舅の服を渡す。

それから奇妙な五人での山中の避難生活が始まった。二人は、山中での食料探しにも必死になって協力した。山中での避難生活が長引くにつれて食料が不足し餓死する者や病死する者が増えてきたのだ。

二人の兵士は秋田県と静岡県出身の兵士だった。特に秋田県出身のKさんは感謝の思いを身体いっぱいに表現した。小さな黒砂糖の欠片にも、芋の欠片にも丁寧に礼を述べて受け取った。

またカツさんと一緒に木の芽や山菜、川辺でのカニやエビ取りに汗を流してくれた。カツさんもいつしか警戒を解いて一緒に笑い合っていた。

終戦を迎え、命を長らえた二人の兵士は、カツさんの家族へお礼を述べてそれぞれの故郷秋田県と静岡県へ帰っていった。戦争中の美談の一つだと言っていいだろう。カツさんは二人の兵士を懸命に世話したのだ。しかし、物語はここから新しく展開する。

旅館は半分ほど焼け落ちたが舅姑が再興した。客は徐々に増えていった。荒廃した郷土の復興を担った電話線工事人、電柱を立てる電気工事人、破壊された道路を補修する工事人などでまた賑やかさを取り戻したのだ。

戦争では多くの人々が亡くなった。ある家族では夫が戦死し妻が病死した。また連れ合いを亡くした者同士が結婚し戦後の再出発を図る者もいた。いつまでも帰らない夫を戦死したと見なして再婚する妻もいた。突然帰って来た夫に戸惑う家族もいた。様々な人生模様が織りなされたが、カツさんはひたすら夫の帰還を待ち続けた。

八年経った。新婚のカツさんを残して戦場へ征った夫が八年ぶりに生きて帰って来たのである。カツさんにとってこれほど嬉しいことはなかった。八年間、どんなことがあっても涙を流さなかったカツさんが初めて涙を流したのだ。舅姑も、飛び上がらんばかりに喜んだ。

夫松川善光は、埼玉で二年、満州で三年、その他、東南アジアの各地を転戦した。最後はフィリピンで終戦を迎えたという。フィリピンで捕虜として収容されたが、負傷していたため米軍の病院に収容されすぐには帰国できなかったという。

善光は戦争のことについては、多くのことは語らなかった。また語りたがらなかったので、カツさんも多くの疑問を正さなかった。夫が生きて帰って来た。これだけで十分だった。

Kさんは郷里秋田に帰って自動車工場を起こした。修理と販売の両方を兼ねた会社だった。Kさんは自動車の運転手として日本軍でも働いていたのだ。ヤンバルへも上官を乗せて戦況を視察に出たものの、その間に伊江島が攻撃された。渡し船が調達できずに自動車の燃料も切れ、途方にくれていたのだ。

Kさんの自動車会社は、Kさんの努力と人望のせいで戦後の時流に乗って繁盛した。従業員も数名雇えるようになった。結婚もし子どもも授かった。この幸せを噛みしめる度に沖縄本島北部、ヤンバルで受けたカツさんたちのことを思い出したという。山中の炭焼き小屋に身を隠し飢餓に苦しみながら一緒に食べ物を探したカツさんたちとの日々が蘇ったという。命、長らえて今があるのは、カツさんたちのおかげだと……。

Kさんは、秋田を出てヤンバルを訪ねて来たものの、カツさんたちの住まいは知らなかった。戦時中には、軍の機密を守る義務もあり互いに名前を名乗らなかったのだ。そこでKさんは村役場に行き、事情を説明した。多くの役場職員が頭を寄せ合って考えた。そして尋ね人はカツさんのことではないかと推測した。役場職員がカツさんを引き合わせた。二人はすぐに相手を認め抱き合った。感激的な出会いが披露された。役場職員の大拍手の中で、Ｋさんは涙を潤ませた。

「カツさんが、この人が、私の命の恩人です。みなさん有り難う」

Ｋさんの震える声が役場の館内に響き渡った。

それ以来、Ｋさんとカツさんの家族ぐるみの交流が続いたのである。舅姑は亡くなっていたが、カツさんにとっては将来に語り継ぐことのできる幸せなひとときだった。

カツさんが夫を失い旅館業をやめて一人暮らしを始めてから数年後、カツさんの子どもたちが東京旅行を計画した。働きっぱなしだったカツさんの労をねぎらい感謝の思いからの計画だった。

カツさんの東京見物には長男夫婦が一緒について行くことになった。そして、せっかくだからと、東京見物が終わったら末娘の嫁ぎ先の石巻まで脚を伸ばそうということになった。

カツさんと長男夫婦は、娘の嫁入り先から大歓迎された。その時、ふとカツさんは秋田のＫさんのことを思い出したのである。

「秋田は遠いかねえ……」

このつぶやきを、娘婿に聞き留められた。

娘婿に請われて、カツさんは戦争中のKさんとの出会いと山中での避難生活のことを話した。娘婿は話を聞き感激して目を潤せた。それだけでは止まらなかった。感激のあまりKさんへ電話をしたのだ。石巻市に、カツさんが訪ねて来ていると……。

それを聞いてKさんは、それこそ石巻に飛んで来た。秋田の我が家にカツさんを招待するためにだ。

ためらうカツさんや長男夫婦を、Kさんは半ば強引に連れ出した。秋田ではKさんの家族、親族だけでなく、会社の従業員もが大歓迎をしてくれた。それだけではない。地元の新聞社も取材に訪れ戦争で培われた二人の絆を記事にして紹介した。見出しは次のようになっている。

「この夏、感謝を込めて……。沖縄の女性一家、二ツ井へ招く」

そしてカツさんとKさんの二人が寄り添う写真が掲載された。書き出しは次のようになっている。

「長い間、胸に凝り固まっていたものが取れてホットした気持ちです」ー二ツ井町五手刈の会社社長、Kさん（七十五）はこのほど、戦時中、沖縄でお世話になった松川勝江さん（七十八）＝沖縄県大宜味村＝とその家族を二ツ井町に招き、再会の喜びに浸った。八年前に互いの消息を知り、戦後五十年目のこの夏、初めて語り尽くせぬ苦難の時代を振り返った二人ー。同席した双方の家族も二人の体験に目頭を熱くしながらあらためて戦争の悲惨さをかみしめた。

Kさんとカツさんとの交流は、この日を契機にさらに深まっていく。二人の再会を傍らで見たKさんの親族は次のように語る。

「Kさんは、頑張り屋で人前で涙を流すことなど見たことはなかったが、カツさんの前では涙を流している。Kさんの涙を初めて見たよ」と。

そしてカツさんは次のように語る。

「戦争当時は、山の中は防衛隊やヤマトの兵隊や、南部からやって来た避難民たちが食べ物などを奪い合って大変だった。たくさんのことはしてあげられなかったけれど、小さな芋を割って食べた。Kさんは、そんな日々が忘れられなかったんだろうねえ」と。

Kさんは病院に入院して亡くなるとき、「沖縄のカツさんには亡くなったことを知らせなさいよ」と、言ったという。

それが遺言で、それからすぐに亡くなったという。二人の人柄を示すエピソードだ。

戦争は大切な人を引き裂いたが、大切な人との出会いも生んでくれる。カツさんとKさんの物語は人間にとって大切なものは何かも教えてくれているように思われる。しかし、カツさんはこの出来事を自慢にすることもなく、この世を去った。

このようなかけがえのない美談もあれば、当然、生死の境を偶然の力によって潜り抜けた体験談もある。そして無念の思いで記憶の蓋を閉ざす悔恨談もあるのだ。理不尽な戦争の後には。個人の生命を脅かす数々の物語が土地の記憶として刻まれていくのだ。そして多くは取り出されることもなく、時を経て消え去ってゆくのだ。そして、沖縄戦で犠牲になった二十万人余の死者たちの物語を、死者たちは自らの言葉で語ることはできないのだ。

2

禎治郎の兄禎蔵の妻、敏子さんの物語もその一つだ。敏子さんは沖縄県立師範学校女子部を卒業した才女であった。たぶん、禎蔵との出会いは、近隣にあった沖縄県立師範学校男子部で禎蔵が学んでいた時機であろう。二人は教師になって結婚した。禎蔵のふるさとヤンバルの地で子弟の教育に励んでいた。その夢の途中で戦争が始まった。戦況が不利になると、官民一体、根こそぎ動員と称されて教師である禎蔵も防衛隊員として召集された。禎治郎も金武の地に残り、教師を続けていたら確実に動員されていたであろう。

戦況が逼迫した状況にあった沖縄の地では、兵力不足を補うために教師だけでなく、若い男子学徒も鉄血勤皇隊を組織し、女子学徒も急造の看護師養成教育を受けて戦場へ動員されて多くの悲劇を生み戦死者を出したのだ。禎蔵は、幸運にも死を免れて郷里に生還したが、残された敏子さん母子が死に追いやられた。

敏子さんは禎蔵が防衛隊員として出征した後、三人の子どもを抱えて山中に避難した。長引く山中生活は母子を疲弊させ飢えさせた。親族や村人と共に避難した山中生活であったが、だれもが飢えていた。そんな山中に那覇南部からの避難民も押し寄せた。米軍や日本軍の戦闘の恐怖と共に避難民同士での食料の争奪戦も始まった。戦争は最も弱い者の命から奪っていくのだろうか。未だ乳飲み子のままであった幼い長男の命が奪われた。

遺体は山中に隠れている周りの親族と近親者で穴を掘り、土を盛った。敏子さんは、さらに二人の幼子を引き寄せながら、悲しみと無念さで胸が張り裂ける思いだった。子どもを守ることのできなかった不甲斐なさを恥じた。夫、禎蔵への申し訳なさで胸が潰れそうだった。

戦争が終わって山を下り、夫と再会したときに敏子さんは泣き崩れた。途端に緊張の糸が切れたのか高熱が出た。栄養失調と疲労が重なった体躯を病が襲ったのだ。マラリアだった。高熱を出し意味不明な言葉を叫び、うなされながら敏子さんは他界した。飛び起きて軍歌を歌いながら家中を行進する狂気の兆しも見られたという。

禎蔵は妻を失い、幼い二人の娘を抱えながら途方に暮れたが、親族の勧めもあり、許婚《いいなずけ》を戦争で失った女性を後妻に迎えて戦後の日々を出発する。これも埋もれていく戦争犠牲者の物語りの一つだろう。

久江の兄信一郎の娘信子は、一九四一年名護に学校のあった沖縄県立第三高等女学校に入学した。夢を紡ぎ学んでいたが、学びを中断された。戦況が逼迫してくると女子学徒は看護教育を受けて促成の看護師として養成され戦場に動員されたのだ。一九四四年には学校が陸軍病院球部隊北部分院となった。

沖縄戦では、十代の中学生、師範学校生、女学校生たちが戦場に動員され、多くの命が失われたことも特徴の一つである。男子生徒は、伝令や弾薬の運搬、壕堀作業という名目であったが、厳しい戦況の中、兵士と共に斬り込みにも参加させられて多くの学徒兵が死亡した。また女子学徒は、看護助手や食事の準備などに当たり同じように多くの犠牲者を出した。

男子学徒は全十二校から一、六七四人が動員され、八六八人が犠牲になる。女子学徒は全十校から四五七人が動員され一八八人が犠牲になるのである。沖縄の未来を担うと期待された優れた人材が選ばれたかのように犠牲になったのだ。

信子さんは、戦後、「なごらん学徒隊」の生存者の一人として、語り部としても活躍しているが、平和祈念資料館のアーカイブ（保存記録）には次のような証言が残っている。

※

私たちは、一月二十九日から二月二十日まで、学校でも講義は受けたんですよ。人体の構造及びその作用とかね。午前中は講義を受けて、午後は実地です。包帯の替え方、それから手術する際の手伝いの仕方とかですね。

看護の勉強だけではないですよ。他にもね、忠節5か条とかを覚えたの。「一つ、軍人は忠節を尽くすを本分とすべし」とか、「忠節報恩の道を行わざれば、どんなに頭がよくても技芸に熟していても偶人と等しかるべし」とかね。さらに「義は山岳よりも重く、死は鴻毛よりも軽し。覚悟せよ」ってね。

沖縄へ向かう将兵たちを乗せた「富士丸」が徳之島沖で米潜水艦の攻撃を受けて沈没すると、県立第三高等女学校の寄宿舎は急きょ負傷兵の野戦病院に当てられたんです。十月十日の空襲では、本部《もとぶ》港や運天港に停泊していた艦船が猛攻撃を受けて多くの負傷者が出て、三高女の生徒たちは治療の手伝いに駆り出されました。続々と運ばれてくる重傷の負傷兵に十分な治療や看護はできず、麻酔無しで足などを切断する手術にも立ち会いました。

三高女の生徒は、「なごらん学徒隊」として組織されました。野戦病院と化した学校だけでなく、本部町にある八重岳の病院壕に十人ずつ交替で動員され負傷兵の看護などにも当たりました。四月一日の米軍上陸以降、学校には戦闘による負傷者が次々と運び込まれ、女子学徒たちは不眠不休の看護に当たりました。日本軍は四月十六日八重岳の病院壕を現在の名護市にある多野岳へ移すことになりました。移動していく途中で学友の一人が命を落としました。

教室も病室になってね。(写真を見せながら) これは重傷患者の所です。私たちが二年生の時の教室だったんですよ。ここにはね(写真を指さしながら)、十四室の寮がありました。北寮、中寮、南寮と呼んでいました。北寮は一から五室。中寮は六から十室。南寮は十一から十四室までです。大きな広いお部屋だったですよ。十三室と十四室は重傷患者の病室でした。

患者さんはね、「水くれ、水くれ」っと言って、私たちを引っ張るんですよ。一部屋を二人交替で見ていたんですけど、出血多量で亡くなる人が多かったですね。

ある日、「看護婦さん、早く、水、水くれ」って言う兵隊さんがいてね。目も変だから、ビックリして、衛生兵を呼びに行ったんです。そしたらね、「水をあげなさい」って言うから、水を差し上げたら、「お母さん、お母さん」って言ってね、飲んだの。そして、そのまま息絶えてしまいました。

でもね、悲しんでいる時間もないですよ。このそばから「早く、水くれ。水くれ」って要求されるの。ちょっと遅かったら、足で蹴っ飛ばすわけ。「本土の女学生は優しいが、沖縄の女学生は意地悪だ」って。

衛生兵からはね、「この人には水をあんまりあげちゃいけないよ」とか、「この人には水を大量にあげたらダメだよ」とか言われていますから、こっちも慎重になるわけね。でも兵隊さんたちは水が欲しいから、湯飲みにこうしてガーゼをつけて吸わせてあげたらね、私の手までも噛もうとするわけよ。「早くたくさん飲みたいよ」っていう意味でしょうね。ほんとかわいそうでね。隠れて泣いていましたよ。

重傷患者の十四室は、畳の上に毛布を敷いていたんですが、この毛布に血がつくの。一晩で。あっちにもこっちにも血がね。患者さんの身体から血が出るから。二、三日したら、「臭《にお》いが大変だから」と言ってね、私たちは毛布を取り替えるんだけど追いつかなかった。足をつきあわせて、みんな寝かせていました。十四室と十三室ですね。

それから十二、十一室はね、やけどした人たち。このやけどした人たちも薬塗って白い包帯で巻いてるから、目ばっかりキョロキョロしているさ。手術室に行くにはこの教室の前の廊下を通って行くんですが、そこを通る時は、もうかわいそうでね。でも、どうしようもなかった。みんな白い包帯、目ばっかりキョロキョロして、「学生さん、学生さん、水、水」って言ってね、この声が、まだ耳に残っていますよ。

悲しくて、辛いことでした……。

※

信子さんは、学校で解散命令が出た後、教師や数人の学友と共に御真影を守ってヤンバルの山中に避難する。辛うじて戦火を免れ、死を免れた信子さんは、戦後、中部に開設された教員養成所の「文教学校」で学び、小学校教員として一歩を踏み出して行くのである。

もちろん、戦後の一歩を踏み出せない戦争体験者もいた。それは死者たちである。死者たちには戦後が奪われていたのだ。ヤンバルの小さな村である郷里大兼久の戦争犠牲者は九十二人に及ぶ。兵士も病者も老人も幼子も含まれる。砲弾は人を選ばないのだ。そんな犠牲者の中でも、一際多くの村人の記憶に刻まれているのが一家七人が一度に犠牲になった照屋林起さん家族の死だ。

照屋さんは嘉手納にある沖縄県立農林学校を卒業し、本土に渡って鳥取高等農林学校に進学し、昭和七年に卒業する。卒業後にも本土で就職し、大阪府庁、滋賀県庁、愛知県庁で優秀な官僚として務めていた。

その手腕が高く評価され、昭和十九年二月農林省の直令によって沖縄県庁に昇任発令された。しかし、昭和十九年と言えば、十月十日には那覇空襲があり、沖縄でも地上戦が始まる直前である。そんな状況下での辞令も無謀だと思われるが、照屋林起さんはそれを受託し、ふるさとで待つ母との再会を楽しみにして妻子と共に台中丸に乗船する。妻子にとっても心躍らす沖縄行きだったと思われるが、その台中丸が米軍の潜水艦の攻撃により撃沈された。一家七人、全員が犠牲になったのだ。

荷物が先に届いて小躍りして待つ母親の元に、一家全滅の訃報が届くのである。母親の無念さと悲憤は想像に難くない。母親は気が狂ったように何度も海に入り、わが子や孫の名前を呼びながら手を振り、呼び戻す姿は、ふるさとの人々の涙を誘ったのだ。

台中丸は女、子どもを含む乗客三〇〇名余を乗せて昭和十九年四月六日神戸港を出港、途中鹿児島に寄港、奄美大島曽津高崎の沖で四月十二日午前二時、魚雷三発を左舷に受けて船体は爆発、三分後に沈没したという。

照屋林起さん家族の犠牲については、戦後、遺族が『大兼久誌』に手記を寄せている。無念の思いが迸《ほとばし》っている手記で、肉親の愛情を強く感じさせるものだ。

手記を執筆したのは「照屋林起」さんの弟で、照屋林佑さん。海上での慰霊祭に参加した様子を綴ったものだが生々しい肉声が心を打つ。船べりに寄り掛かって深い群青色の海を覗き込み、死亡した兄に呼びかける林佑さんの姿が浮かんでくる。(『大兼久誌』二〇九頁)

(前略)私たちは日本軍国主義の犠牲になった台中丸の遺族です。今日はじめて戦没した海上に参りました。二度とこのような悲しみを見ることのない平和で豊かな世の中にすることを誓います。

台中丸のみなさん、苦しかったでしょう。寒かったでしょう。悔しかったことでしょう。皆さんの悔しさを、尊い犠牲を無駄には致しません。私たちは那覇市波之上に「うみなりの像」を建立し、皆さんと同じ運命に遭った戦時遭難船戦没者の多くの御霊と御一緒に合祀し、永遠にこのあやまちを伝えて参ります。

あゝ台中丸。

わたしはこの海底に眠っている照屋林起七名家族の遺族です。ほんの少しばかり兄さんたちと話をさせてください。

林起兄さん、貴美姉さん、光子姉さん、林宣君、直子ちゃん、律子ちゃん、芳郎ちゃん、今日は兄さんたちとご一緒だった台中丸の遺族の方々とご一緒に慰霊祭に参加しました。妻の成子、節子姉さん、泉次兄さんも参加しました。つる姉さんと静子姉さんからはたくさんのお供えが届いています。

林起兄さん、あなたは沖縄農林学校から鳥取高農を昭和七年に卒業し、大阪府庁、滋賀県庁、愛知県庁と高等官七等の事務官として精勤していましたが、昭和十九年二月農林省の直令によって沖縄県庁に昇任発令された偉い人でした。

郷里大宜味村では、村役場に歓迎照屋林起高等官と、大書されたのぼりがあげられていましたのに無念です。働き盛りの三十四歳の若さでした。

貴美姉さん、姉さんは第一高等女学校、徳島県立撫養《むや》高等女学校を昭和六年卒業して滋賀県立近江木戸尋常小学校、愛知県立守山国民学校の教員として昭和十九年三月まで勤め、林起の妻として林宣、直子、律子、芳郎の四名の母として、若く美しい三〇歳の女教師でした。

　林宣は三年生、直子は一年生で律子は四歳、芳郎は一歳の幼児だったため、光子姉さんの手を借りて養育されていました。

　光子姉さん、二十歳の若い青春を花開くことなく尊敬する兄、姉と可愛い甥、姪たちと一緒に旅立つなんて、残念でなりません。

　兄さんを大成させるために苦労した母は、錦を飾って帰る兄さんたちをどんなに待ちわびていたことか。荷物だけが届き、母は病に臥してしまいました。

　弟の林英兄さんもジャワ方面で昭和二〇年一〇月四日戦死の公報がありました。母も沖縄戦の疲れがそのまま病となって終戦後、山から下りて戦火に焼けた屋敷へ戻れないうちに亡くなりました。やさしかった母は、いつも言っていました。戦争さえなかったらと。母の繰り言が今も聴こえてきます。（中略）

　あゝ台中丸、戦没者の御霊よ。御霊は私たちに戦争の悲惨さを教訓を与えて下さいました。この教えをいつまでも守りつづけます。

　この慰霊祭は私たちに勇気と希望を与えて下さいました。どうぞいつまでも平和の守り神になって下さい。台中丸の戦没者に哀悼の誠を捧げ弔辞とします。

昭和六十年五月二十八日、台中丸遺族を代表して　照屋林佑

そして今、悲しみを胸中に抱き、戦争を生き延びた人々のそれぞれの戦後が始まるのだ。もちろん死者たちには戦後はない。それどころか生きながらえた家族に大きな負担と悲しみを与えたのだ。

禎治郎もパラオから沖縄へ戻れば戦死していたかもしれない。あるいはパラオに出かけることなく沖縄に留まれば防衛隊員として召集され戦死していたかもしれない。運命と呼ぶには余りにも脆い偶然に導かれるようにして生きながらえた人々の戦後が始まるのである。禎治郎家族もまた、絶望を振り払い、光明を求めて、戦後の一歩一歩を刻んでいくのである。

パラオを一緒に引き揚げて来た昭子も、不思議な糸に導かれるように戦争から帰還した若者と結婚し数奇な人生を歩んでいく。また、特攻隊員になるために「岡山地方航空機乗員養成所」で訓練中に終戦を迎えた禎吉の長男吉夫も、挫折を乗り越え希望を抱いて人生を歩み始める。

吉夫は、郷里に戻ってくると、自らの浅学を恥じるかのように狂気の形相で学問に集中する。世界を理解するのに日本を通してしか見ていなかった自らの悔いを示し、沖縄の自立を模索するかのような軌跡だ。まず郷里近くの町にできた英語専門学校で学び、その後東京へ出て中央大学で学ぶ。沖縄へ戻り数年間の教員生活を経て米国留学制度を利用してシカゴの大学へ留学

する。留学を終えて沖縄へ戻ると那覇税関に勤務するも、請われて「沖縄三越」の創業に参加する。国際通りに面した大きなデパートを完成し、部長職で働くも、間もなく肝臓癌が発見され、四十代の若さで妻子を残して他界する。沖縄の復興に夢を描いた吉夫の無念さは想像に難くない。吉夫の若い死は日本復帰前の一九六九年だ。もちろん、戦争を挟んだ吉夫の人生は、吉夫にだけしか描けない波瀾に富んだ喜怒哀楽を繰り返す人生を歩んだのである。

3

禎治郎の長女葉子の戦後も、だれもがそうであるように葉子のみの唯一の軌跡を刻んでいく。「幾山河越えさり行かば……」と記し、老いて病に伏し、沸き起こってくる感慨にとらわれる日々の軌跡だ。

父禎治郎と母久江の戦後の出発は貧しかった。パラオから郷里に引き揚げて来たものの耕す畑も住む家もなかった。禎治郎はかつて郷里で漁師をしていた時期があったが、父禎助のサバニ（小舟）も村人のサバニもすべて戦時中、米軍に破壊されていた。葉子は父禎治郎と一緒に荒れ地を耕し、母と一緒に豆腐作りの臼《うす》を挽いた。

パラオから引き揚げて来た葉子たちは、しばらくは祖父禎助の家に同居した。村人の多くの家が焼け崩れていたのに、赤瓦屋根の祖父の家は空襲を免れていた。そこに祖父母と禎吉伯父家族、禎蔵伯父家族、そして葉子たち三家族が肩を寄せ合うようにして住んだのだ。次兄の禎勇伯父の家族は伯父の遺骨を抱いて佐世保から帰郷し伯母の実家に身を寄せていた。

郷里には既に、戦前の学校敷地跡に天幕だけの大宜味初等学校が建てられていた。戦後すぐに村人が苦労して建てた学校だった。寄せ集めの資材や寄せ集めの教員で再建が図られていた。

父禎治郎は村人の強い要請や沖縄諮詢会の要請を受け、さらに一九四六（昭和二十一）年四月三十日、沖縄民政府の辞令を受けて再び教職に就いた。父にどのような思いがあったのか分からないが、その後の日々は教職が主となった。しかし、教職に就いたものの教員の待遇は悪かった。休日や祭日などには村人から貸してもらった山上の荒れ地の開墾や小さな畑を耕して野菜作りに励んだ。それゆえに母久江の苦労は大きかったはずだ。

葉子は始まったばかりの初等科一年次に入学して学び直した。学び直したというよりもパラオでは入学年齢に達したが、入学の機会もなく戦乱に巻き込まれたと言っていい。

郷里の天幕小屋の校舎は三棟あり、土間に砂利が敷かれ、米軍の廃材や空き箱を利用して机や腰掛けが作られていた。教室には黒板と白墨があるだけで、教科書もほとんどなかった。教師の創意工夫によって授業が展開され青空教室と呼ばれる教室外の樹の下での授業なども行われた。

教員の待遇の悪さは、なかなか改善されずに教職を辞めて軍作業員に身を転じた人々も多かった。当初は給与もなく、代わりに現物が支給されていた。食料品も不足であったので、禎治郎にとっても久江にとっても、むしろ有り難かったかもしれない。メリケン粉類が多かったが、天ぷらや団子汁に変わって葉子たちの食膳を賑わした。

南洋群島から引き揚げて来た人々は大部分が二男、三男であった。貧しさゆえに海外へ出かけた者も多く、故郷には譲り受けた宅地もなく親や親戚の家に同居していた。

村の共有地で低湿地帯であったが住宅建築も可能な空き地があり、引き揚げ者の間でその空き地を利用させてもらう相談がまとまり区長へ要請した。区長を初め区民は喜んでその地を利用してもらうことを許可した。そして六名の利用者が決定した。すべてがパラオからの引き揚げ者になったが、禎治郎もその一人になった。

しかし、建築資材の購入は困難で、村人全員の協力で山から木材を切り出し丸太のままで担いできた。時には山中で角材にして運搬した。

禎治郎も登校前に朝早く山へ出かけたり、放課後に山に入って暗くなるまで資材を運搬したり、丸太木を削ったりした。それぞれの割り当てられた土地に、わずか十二坪の茅葺《かやぶ》き屋根の住宅であったが、米軍から貰い受けた廃材なども利用し、やっと完成して家族全員が引っ越したときはほっとした。

禎治郎は私有地や公有地を借り受け、サツマイモを植え、野菜を植えた。県立農林学校での学びが随分と役に立った。自給自足のような生活が長く続いたが、次第に生活も落ち着き、食生活も安定してきた。時々、米軍からの配給物資が共同売店で配られた。米やメリケン粉、砂糖、ケチャップ、グリンピース、ミルク、牛缶、ハム、ジャガイモ、ラード、ジャム、干しぶどう、大豆、アイスクリーム、クラッカー、スープなど実に多彩であった。村人には見たことも食べたこともない食品が多く、その料理法に苦心した悲喜劇が村を駆け巡り笑いを誘うこともあった。

教員をしている禎治郎の家は、軍雇用員として働きに出た人々の家族と違って、やはり貧しさが続いていた。久江は朝、暗いうちから起き出して大きな石臼を汗だくになって廻し続け、豆腐を作り、村の家々を回って販売した。また豆腐かすや各家から出る残飯を集めて豚を飼育して家計を支えた。それほどまでして教員を続けなければならないのかと陰口を叩かれることもあった。

禎治郎は本気になって教員を辞めて軍雇用員になろうかと思うこともあったが、それを拒む自らの内部の声を打ち負かせなかった。パラオで公教育に携わった反省もある。戦争を体験して教育の大切さも知っていた。教育こそが二度と国の誤りを犯さない道を作ることができるのだ。きっと、今の苦労が報われる日が来る。そう言い聞かせて教員を続けた。

禎治郎が金武の小学校で勤めていたとき、一緒に生活をしていた喜代叔母との再会を、葉子は抱き合って喜んだ。喜代は兄姉が留守になった実家を、老いた父と首里からやって来た祖母の妹アヤおばあの世話をしながら精一杯守っていた。戦争中には二人の世話を一人で行いながら山中での避難生活を送り、生き延びたのだ。しかし、だれの目にも、喜代がやせ衰え体力が消耗しているのは明らかだった。

そんな喜代に最初に声をかけたのは葉子の母久江だった。

「あんたは、もう十分に親孝行をしたのだから、これからは自分のやりたいことをやりなさい。那覇にでも出て働いたらどうかね」

久江は喜代に優しく語りかけた。しかし、喜代は固い決意で久江の進言を断り、自らの希望を語った。思いがけない決意だった。

「お姉ちゃん、私のやりたいことはね、父の世話をみることとアヤおばあの世話をすることだよ」

「何を言うの。戦争を生き延びた尊い命、大切に使いなさい」

「大切に使っているよ。親のために使うことが一番いいことだよ。私が家を出ていったら、だれが老いた二人の面倒を見るの？」

「なんとかなるよ。富代姉も梅代姉も戸畑から帰ってきているでしょう。隣村に家を構えているんだ。近いんだから心配ないよ。それに、私もこの村にいるんだから、いざとなったらなんとかなるよ。信一郎兄さんも与那原で警察官をしているから、いつでも引っ越して来れるよ。心配しないで好きなことをやりなさい」

それでも喜代は、久江の言うことを受け入れなかった。

久江は思いあまって禎治郎に相談した。禎治郎は数日間思案していたが、金武にいたころの喜代の利発な姿を思い出した。葉子に歌や遊戯を楽しく教えていた喜代の振る舞いを思い出した。

「なあ久江、どうだろう。喜代は賢い子だ。喜代にも教員の道を歩ませたらどうかな」

「えっ」

久江は驚いて禎治郎の顔を見た。それから笑みを浮かべながら首を傾けた。

「うん、そうだね、それはいい考えだけど……」

「だけど」

「給料が安すぎないかね」

「えっ？　……そうか、お前には苦労をかけているからな」

二人は顔を見あわせて声をあげて笑った。

互いに笑い合う優しさが、久江にも禎治郎にも残っていたのだ。

禎治郎は笑顔を浮かべながら自らの決意を語るようにきっぱりと言った。

「たぶん、教員の待遇は徐々に改善されるはずだ。教育の大切さを、きっとみんなが気づくと思う。いや、戦争を体験した県民は気づいているはずだ」

「それだから教員養成所である文教学校も中部に作られたんだ」

「それに、戦争で三分の一ほどの教員が亡くなったと聞いている。教員になる師範学校の学生たちも多くが犠牲になった。今は教員不足だ。喜代は三高女で学んだんだろう。その能力を生かし、教員養成所で学べばすぐに立派な教員になれるよ」

「そうだね、私も賛成だよ。あんたの話を聞いて、すぐに私も賛成だったのよ」

「なーんだ、そうだったのか」

また二人で笑みを浮かべて笑い声をあげた。

「喜代ならできるよね。仕事にも就けるよね」

「うん、きっといい先生になれるよ」

禎治郎の言葉を聞いて久江もうなずいた。

禎治郎と久江は、実家を訪ねて喜代へ進言した。喜代が戦後を生きる新しい一歩になると期待した。しかし、喜代はなかなか肯わなかった。

父親の栄信はいい考えだと、喜代にも翻意を促したが喜代は頑固だった。

そんな中、隣村に住む二人の姉から喜代に縁談の話が持ち込まれた。

それを聞いて、喜代はその日のうちに縁談を断って禎治郎の家にやって来た。

「義兄《にい》さん、姉さん、文教学校へ入学して教師の道に進みたいと思います」

禎治郎と久江を顔を見合わせて微笑んだ。若い娘の迷いと決断が微笑ましかった。喜代はまだ十代だ。結婚の相手は、いずれ自分で見つけることができるだろう。

最も大きな笑みを浮かべて微笑んでいたのは喜代本人だった。金武で一緒に暮らした利発な顔だ。明るさも失ってはいなかった。

「これからもよろしくお願いします」

そんな喜代の言葉に、三人は同時に笑い声をあげた。笑い声を聞きつけて葉子も輪の中に入り、喜代に甘えていた。

戦後の混乱期に、だれもが途方に暮れていたが、それぞれの道を覚束ないままにでも歩き始めていたのだ。喜代もそんな一人だった。もちろん、禎治郎、久江夫婦も、いまだそんな日々の中で時を刻んでいたのだ。

葉子は地元の小学校へ再入学して学び直していたが、葉子にも葉子だけの戦後の日々を歩み始めていた。葉子は北京から帰郷していた同じ歳の千絵子と親しくなっていた。

千絵子も葉子も同じように海外から帰郷していたからかもしれない。また同級生であったからかもしれない。しかし、二人が特に親しくなった契機は確かにあった。千絵子が腕白な男の子たちに苛められているところを葉子が助けてやったからだ。

千絵子は葉子と比べて色白で上品な趣をもったお嬢さんタイプの少女だった。実際、千絵子は通学には当時は数少ない靴を履き、鮮やかなワンピースなどを着てやって来た。村人のだれもが手にすることのできない服装だ。

それに比べて葉子は村人の多くがそうであるように、つぎはぎだらけの服を着ていくことも多かった。時には裁縫上手な母親の久江が手縫いで作ってくれたワンピースを大切に着けた。父や母と一緒に畑を耕す色黒の男勝りの少女だった。

腕白な男の子たちは、千絵子が靴を履いてきたらそれを羨ましがった。

「おい、ペンギンさん。白いあんよのペンギンさん」

声を合わせ手を叩いて囃子立てた。北京帰りの千絵子とペンギンをかけたものだ。帽子を被ってきたら、それを奪い取って自分が被りおどけた。

「おい、ペンギン。俺の頭にペンギン帽子」

男の子たちはそんなふうにからかい、何かと苛めの対象にした。

その日は、千絵子が席を離れた休み時間に腰掛けに押しピンを置いた。気付かずに座った千絵子の尻を刺した。千絵子は痛みに涙を流し泣きべそをかいた。それを見て周りの男の子たちがさらに囃子立てた。

「ペキンが泣いた」

「ペンギンが泣いた」

「ペキンが泣いた。ペンギンが泣いた」

男の子たちは千絵子の泣き顔を見てさらに囃子立てた。

葉子は我慢ができずに輪の中心にいた男の子に突っかかっていった。

「女の子の尻を刺したら赤ちゃんが生めなくなるでしょう」

もちろん、そんなことがあるかどうか、葉子は分からなかったが、とっさに出た言葉だ。

「あい、パラオ帰り。お前も刺されたいか」

同じ村の男の子だった。

葉子も負けなかった。

「あんたは蜂に刺されて泣いていたでしょう。弱虫のくせに」

「なんだと」

葉子と男の子は取っ組み合いになった。みんなが集まってさらに騒ぎが大きくなった。やがて騒ぎを聞きつけてやって来た担任の先生に止められた。

葉子と男の子は、次の時間いっぱい、黒板の前に立たされお仕置きをされた。

その日、葉子と千絵子は一緒に帰った。千絵子の家は葉子の家の近くだったが、当時は珍しいコンクリート造りの家に住んでいた。

「葉子ちゃん、ごめんね。私のために辛かったでしょう」

「なんのなんの、平気だよ。もう少しあいつをやっつけたかったよ」

「もう充分にやっつけたよ。あの子、泣いてたよ。ごめんって言っていたよ」

「そうか、それなら、私の勝ちだね」

千絵子の父親は北京で亡くなっていた。禎治郎が学んだ県立嘉手納農林学校の先輩だった。禎治郎が漁師を辞めて教師の道へ進む決意を後押しし、相談に乗ってくれた先輩だ。優秀な郷里の先輩で、推薦されて鹿児島高等農林学校へ進学した。卒業後は四国の営林事業に関わった。その後、抜擢されて東京の農林省に勤めた。数年後には国から派遣された農業技師として妻子を引き連れて北京へ渡り、近郊の緑化事業などを担当した。しかし、戦乱の気配が押し寄せてきた北京で病に斃れた。一九三九（昭和十四）年から一九四二（昭和十七）年までの激動の時代の北京だった。日中戦争の口火を切ったと言われる盧溝橋事件は一九三七（昭和十二）年に勃発していた。そのころには既に不穏な空気が漂っていた。

夫を亡くした奥さんと幼い三人の娘は、郷里から迎えに来た奥さんのお父さんと手を携えて慌ただしく郷里へ戻ってきたのだった。

千絵子が幼い口調で語る身の上話は、葉子が父親から聞いた話とほぼ同じだったが、葉子は不思議な縁を感じて一瞬戸惑った。

葉子の家もそうだったが、当時の国外で勤務していた官吏の待遇はすこぶる良くて、給与の面でも環境の面でも優遇措置が講じられていた。それゆえに幼い千絵子もお嬢さんのようなもてなしで日々を過ごしていたのだろう。

千絵子家族の帰郷は、沖縄で地上戦が始まる数年前の帰郷だったから、父親が不在とはいえ北京での裕福な暮らしの影響が残っていたのだろう。父親の死亡後の生命保険も家族の元へ届けられ、北京での蓄えもあったのだとも聞いた。

それに比して葉子の家族は戦乱に翻弄された。父の蓄えも財産もすべて喪失した戦後の帰郷だった。

千絵子の父方と禎治郎の母方とは、どうやら縁戚関係があったようだ。パラオから東京のタイピスト専門学校へ入学した禎吉の娘の昭子は、東京滞在中の一年間を千絵子の家で家族同然のもてなしを受けて暮らしていたという。

このようなことなどを知り得た葉子と千絵子の二人は、学年が進級するにつれてますます親しくなっていった。中学生のころには二人揃って全県の学校対抗の水泳大会に参加して見事に優勝を飾った。学区民の総出での松明《たいまつ》を掲げた出迎えの歓迎と祝賀会に参加している。千絵子の母親が地元の中学校の教師で水泳部の顧問だった偶然も重なっていた。

どんな困難な日々の中でも、だれにでも訪れるきらめく日々があるとすれば、二人にとっては、これらの日々がそのような日々であったはずだ。千絵子は、葉子の結婚式に新婦の付き添い人として参加し、友人代表のあいさつをも行っている。

4

葉子と千絵子は高校に入学しても仲良しだった。二人一緒にソフトテニスに夢中になった。今度は葉子の父親禎治郎がソフトテニス部の顧問だった。禎治郎はパラオから引き揚げた直後は小学校の教師であったが、間もなく高等学校の教師として赴任していた。

ヤンバル地域に高等学校の設立が計画され準備されたのは、終戦直後の一九四六（昭和二十一年）年の初めごろだった。大兼久の隣村の饒波《ぬうは》入口の波原《ばはら》と呼ばれる地に校舎の建築も始まった。トタン葺きの校舎や、米軍払い下げの蒲鉾《かまぼこ》形の校舎が建てられ、職員室が中央にあって海岸側に大きなコンセットの講堂が潮風をよけるように建っていた。

一九四六年当初は田井等高等学校（現在の名護高校）の分校としての設立であったようだが、北部三村（大宜味村、東村、国頭村）の熱心な誘致と独立運動によって一九四七（昭和二十二）

年七月四日、「沖縄民政府立辺土名高等学校」として独立した。学校は設立されても教員集めと校舎の確保が大きな課題であったようだ。

禎治郎は一九四八（昭和二十三）年三月三十一日に「辺土名高等学校勤務を命ず」の沖縄民政府辞令によって小学校教員を退職し、請われて高等学校教員として着任勤務した。

生徒の服装は軍から支給された大きな靴を履き、帽子や洋服も軍から支給されたＨＢＴ（兵士などが着る頑丈な生地）を縫い直したものだった。女生徒の上着やスカートも同様にＨＢＴから改装されたものであった。

北部三村は地理的にも那覇からは遠隔の地で戦前子弟に教育を受けさせるには名護まで行かねばならなかった。交通も不便で多くの子弟を学ばすことは到底至難のことであった。教育の機会均等と教育の地方分散により、その地域全体の文化水準の向上を達成するために辺土名高等学校の設立は三村全住民の願いであり喜びは大きかった。

辺土名高等学校の開校によって、地域の父兄父母の教育熱も高揚し、教育的精神も復興した。素朴で進取の気性に富むヤンバル人の気質は、教育環境を整える活動にも拍車をかけた。教員の薄給を補うために薪を取ってきて教員の家庭に配ったり、学校内に広大な実習地を設け生産教育に重点を置き、生産物を安価で教員に配給したりする等いろいろと待遇面での優遇措置も講じられた。

「誠をもって己を持し」「愛をもって人に接し」「勇をもって事にあたれ」の校訓も設定された。生徒もよく地域や教師の期待に応え、田舎の学校であったが上級学校への進学率も県内で上位であった。

またスポーツ面での活躍もめざましく、全島陸上大会でも連続優勝を遂げた。陸上競技だけでなく、男子ソフトテニス部、女子ソフトテニス部の優勝、水泳大会の四連勝、高校駅伝大会での優勝などスポーツ面での地位も伝統も築いていった。北部地区は戦災も少なく、米の生産も多いので選手は銀飯を食べているから強いのだと、妬《ねた》みや根拠のない噂まで流れた。

終戦当時の職員には旧日本陸軍の将校も数名いた。陸軍士官学校を卒業した少佐が二名、幹部候補出の陸軍少尉以上が五、六名もいたのでそれぞれの武勇伝に、時には職員室が賑やかになった。しかし、陸士出身の二人はいつも無口で沈黙を守り、何か静かに物思いにふけっているようにも見えた。

禎治郎は農業科を担当し、生産教育に従事した。甘藷栽培、蔬菜栽培、水田の稲作栽培等に生徒と共に汗を流し泥にまみれて語り合いながらの豊かな歳月を過ごしていた。そんな中でソフトテニス部の顧問になった。嘉手納農林のころの経験もあったから部員の指導は楽しかった。男女が同時に全県制覇を成し遂げたときには一緒に飛び跳ねた。その時の女子のメンバーには、娘の葉子も仲良しの千絵子もいた。二人とも禎治郎の厳しい指導に負けずに元気な声をあげて頑張った。

葉子には懐かしい高校時代の思い出は数多くある。水平線に現れる入道雲のように次々と浮かんでくる。千絵子との思い出だけではない。教室で家庭科の先生から裁縫が上手だねと誉められたこと、辺土名の映画館で美空ひばりの映画を見たこと、担任教師の引率で比地川までクラスのみんなで弁当を持ってピクニックに出かけたことなど、すぐに思い浮かぶ。

楽しい記憶もあれば、甘酸っぱい記憶もある。その一つに男子テニス部の部員から告白されて胸がときめいたこと。浜辺でのデートに誘われたけれど、男子生徒の告白を受け入れずに、裁縫や料理に関心があると告げて逃げ帰ったこと。さらに漁師の息子の待ち伏せにもあった。

「私はウミンチュ（漁師）の嫁にはなりません」

顔を赤くしながらも、きっぱりと断った青春の日々などが思い浮かぶ。どれもこれも若い日々に体験する甘酸っぱい思い出だ。

葉子は卒業したらすぐに働きたかった。両親の苦労を見てきたからだ。葉子は長女で下に妹の峰子と四人の弟がいた。妹や弟たちを上級学校に進学させて思い切り学ばせたかった。実際、禎吉伯父の三女である従姉の礼子がそのようにして弟たちを進学させてもいたからだ。

他方で葉子のもう一つの夢は、東京の専門学校で洋裁や料理を学ぶことだった。思いつきだけの夢だったような気もするが捨てがたかった。沖縄の人々みんなに綺麗な服を着せたかった。

パラオにいたころ、南洋庁の役人たちの、ぱりっとした服装に憧れた。兵隊さんたちの軍服もかっこよく見えた。また、美味しい料理を作って、みんなにひもじい思いをさせたくなかった。

従姉の昭子が東京のタイピスト養成の専門学校からパラオに帰ってきて官庁に務め、素敵なお姉さんになって輝いていた日々が、幼い葉子の脳裏に焼き付いていたのかもしれない。

葉子の夢を両親に語ると、経済的理由で東京で学ばせることは困難だと諭された。葉子は残念に思ったが、長く嘆いている訳にもいかなかった。それが葉子の性格の一つでもあった。身近で両親の汗水流している苦労を見ていたからだろう。無理を言うことはできなかった。名護や那覇の街に出て働くことも葉子の夢の一つだ。遠い夢は絶たれたけれど、近い夢を耕していけばいい。父も母も葉子の夢をうなずきながら黙って聞いていた。

高校卒業を間近に控え、勉学に励みながらも葉子は母親の手伝いをし、幼い弟たちの面倒を見ていた。東京へ行く夢は断たれたが、那覇に出て働く夢は膨らんでいった。同時に那覇に出れば、仕事をしながら洋裁や料理を学ぶ専門学校に通うことができるかもしれない。そんな小さな夢も芽生え始めていた。専門学校なら早く卒業して働くことができる。家計を手伝うこともできると思った。

葉子のそんな思いを父の禎治郎は嗅ぎつけていたのかもしれない、あるいは東京へ行く娘の夢を断念させた後ろめたさもあったのかもしれない。葉子が那覇へ行く希望を語る前に、葉子は父の禎治郎から思わぬプレゼントをされた。

「葉子、那覇に新しい大学、沖縄N短期大学が開学されるらしい。行ってみるか？」

「えっ？」

「那覇にある嘉数学園が、沖縄N短期大学として衣替えをして学生募集をして開学するそうだ。大学に合格すれば、葉子の好きな勉強ができるだろう。N大学には商経学科、人文学科、家政学科などがあるようだ。洋裁や和裁、料理などを学ぶことができるかもしれない。どうだ、考えてみないか」

「お父さん、本当なの？」

葉子は小躍りして喜んだ。専門学校でなく大学で学べるのだ。それに那覇の街は戦後の荒廃から立ち直り、華やかな街に変貌しつつあると聞いていた。大学では洋裁や料理だけでなく様々な分野の学問も専門的に学ぶことができるはずだ。健治だけでなく、俊樹、幸造、卓郎の三名の弟たちも生まれていた。短期大学なら早く卒業して働き、家計を手伝うこともできる。葉子は嬉しかった。葉子の思いと父の思いが重なったのだ。

「お父さん、N大学で学びたい。那覇に出て、勉強したい」

「よーし、頑張って、その準備をしなさい。母さんも承知しているよ」

父の傍らで母の久江も笑顔を浮かべている。

「葉子、頑張ってね」

「お母さん、有り難う」

葉子は思わず母の元に駆け寄り感謝の言葉を述べる。

「うん、お礼を言われることではないよ葉子。母さんこそ、葉子にお礼を言いたいよ。葉子にはパラオからずっとお家のお手伝いだけをさせてきたからね。那覇に出たら好きなことをやりなさい。そして、勉強もしっかり頑張るんだよ」

「うん」

葉子はうなずいた。

母さんが幼い弟の卓郎を抱き、葉子を見ながらなおも話し続ける。

「葉子、父さんがあんたの名前を葉子としたのはね。葉がなければ樹は育たないでしょう。一枚の葉でも大きな樹を作ることができるんだよ。光を浴びてきらきらと輝くことができるんだよ。葉は決して威張ることなくみんなで力を合わせて生きている。そんな優しい葉になって社会に役立つ人間になってもらいたい。そういう思いからなのよ。なんだか父さんらしくて、私もすぐに賛成したよ」

「おいおい、母さん」

禎治郎が照れている。葉子も初めて聞く名前の由来だった。

久江がなおも続ける。

「なんだか、おかしい?」

葉子は頭を振ってすぐに答える。

「おかしくないよ、母さん。全然おかしくない。この名前、私、気に入っているんだよ。父さん、有り難う。有り難う、母さん」

葉子は、幼い卓郎をあやしている久江に擦り寄ると、目を赤くして涙を堪えた。

久江は葉子に温かい視線を注ぎながら言い続ける。

「あんたは姉弟《きょうだい》では一番上で、パラオから、ずーっと苦労の掛けっぱなしだったね。葉子。我が家は何とかなるからね。心配しないでしっかり頑張るんだよ」

葉子は涙をふいて、何度もうなずいた。

久江の言葉を受け、葉子の脳裏に一枚の葉が、きらきらと輝いている光景が浮かんできた。小さな芽を出し、すくすくと成長し、大きな樹を支える一枚の葉になって爽やかな風や光を受けてきらめいていた。

5

沖縄N短期大学が那覇市に開学したのは一九五八（昭和三十三）年。四月に認可され六月に入学式が行われた。二十歳を迎えたばかりの葉子の新しい日々が那覇市を舞台に始まったのである。目前に敷かれた新しいレールは新鮮だった。

大学は昼間の一部と夜間部の二部に別れていた。学生たちの年齢は十代から四十代までの幅広い年代層で構成され、とりわけ昼間働きながら勉強する二部の学生には官公庁の公務員や民間会社の中堅職員など多士済々で、キャンパスは活気に満ちていた。

同じ年の三月には那覇の中心部を貫通する「国際通り」が開通していた。通りに面した映画館「アーニーパイル国際劇場」の名にちなんだ命名である。戦争で灰燼に帰し、悲鳴をあげていた沖縄の地が、うりずんの雨を慈雨にして徐々に再起の産声をあげ始めたのである。

葉子は大学で知り合った新しい友達と一緒に国際通りを散策するのが楽しかった。国際通りは泉崎から安里三叉路までの約一、六キロの県道三九号線の別呼称である。沖縄戦以前は真和志村に属し「牧志街道」とも呼ばれ、低地には水田があり、丘陵地には松林が広がり、諸処に墓地も散在する片田舎であった。戦後は三重城《ミイグスク》の港を擁する那覇一帯が米軍に占拠され、一帯の住民は追いやられ立ち入りが禁止されていた。そのために住民はやむなく牧志街道沿いに移動し、湿地帯を避けてテントを張り家屋を建て、街道を改修しながら街の復興に取りかかったのである。

終戦直後の一九四六（昭和二十一）年には一千人に満たなかった街道沿いの人口は、五年後の一九五一（昭和二十六）年には五万人に達し、一九五四（昭和二十九）年ごろには近代的な商店街が帯状をなして建ち並ぶようになる。街の復興ぶりはめざましく、かつての寂しい郊外の一画は繁華街に変貌し「奇跡の一マイル」として戦後の沖縄復興の象徴となるのである。

葉子が入学したころには、既にまばゆいほどの華やかさが確立され同時に賑やかな活気があった。路線バスが走り、人々の往来も賑やかであった。さらに通りのほぼ中央部分でT字型に連結する平和通りや市場通りとつながり、近隣の人々だけでなく遠方からやって来る人々の商売の場であり消費の場でもあった。

他方で一九五〇年代は沖縄戦後史の中でも激動の時代の一つである。まず一九五〇年の二月に日本を占領したGHQ（連合国最高司令官総司令部）は沖縄に恒久的な軍事基地建設を始めると発表する。朝鮮戦争が勃発し、終戦直後に創設された琉球軍政府を琉球列島米国民政府（USCAR＝ユースカー）と改称して本格的な統治に着手する。

五一年には対日講和条約、日米安保条約が調印され、翌五二年から発効する。五三年にはユースカーから発表された沖縄統治に関する布令109号「土地収用令」が施行され、武装米兵による土地の強制収容が開始される。

五四年にはアイゼンハワー大統領が一般教書で沖縄基地の無期限保有を宣言し、さらに県内では米軍統治に批判的な政治家瀬長亀次郎らが逮捕される人民党への弾圧事件が起こる。五五年には宜野湾市伊佐浜や伊江島で住民の強い反対を押し切っての武力行使による土地の強制収容が開始される。その年の九月には石川市で幼い少女が米兵に拉致され強姦されて殺された「由美子ちゃん事件」が発生し県民を絶望の淵におとしめる。

一九五六年には権力によって土地が強奪され続けるなか、県民の土地を守るために、土地は農民の命であるとして、「軍用地四原則貫徹県民大会」が十万人余の県民を集めて開催される。以後全県的な広がりを持った「島ぐるみ土地闘争」へと発展していく。四原則とは「一括払い反対」「適正補償」「損害賠償」「新規接収反対」の「土地を守る四原則」として琉球政府立法院が可決したものであった。

しかし、五七年には県民のこの要請を無視し、米国民政府は「軍用地の新規接収、一括払い実施」を発表、布令第164号「米合衆国土地収用令」（永代借地件等に関する布令）を公布するのである。

この年から本土への集団就職も行われるようになり、五八年には琉球政府の計画移民二百人余がボリビアを初め南米へ向けて出発する。海外への移住は耕す土地を奪われた人々にとっては、やむを得ぬ選択肢の一つになる。

一九五九年には石川市宮森小学校に米軍ジェット機が墜落、死者十七人、負傷者一二一人の大惨事になる。

一九六〇年には「沖縄県祖国復帰協議会」が結成される。基本的人権が無視され土地が強奪されていく現状を改変するためには、日本復帰が最良の選択肢になるとする機運が興隆してくるのである。同年六月十九日、アイゼンハワー大統領が来沖するも、デモ隊等の抗議にあい、予定を変更して帰米することになる。

アイゼンハワー米大統領は、東南アジア諸国訪問の一環として日本訪問を計画していたが、激しい反安保闘争のため本土への訪問を諦め、沖縄に寄ったとされる。四月に結成された沖縄県祖国復帰協議会(復帰協)が来沖当日、祖国復帰を求める一万人集会とデモ行進を行った。歓迎ムードの一方で、沖縄を抑圧し続ける米国の大統領に激しい抗議の声をあげたのだ。

一九六〇年六月十九日、群衆約一万人が琉球政府の行政府ビル(=現那覇市の県庁付近)を取り囲んだ。かつて「沖縄の基地の無期限保有」を明言したアイゼンハワー米大統領が大田政作行政主席と目の前のビルで会談していた。前年に起きた宮森小学校米軍ジェット機墜落事故への抗議もあり、「絶対に我慢ならん」と人々が声をあげたのだ。

デモ隊の前に銃をもった米兵が立ちはだかったが人々は怯《ひる》まなかった。終戦後の米軍が関連した事故事件は余りにも多く、かつ悲惨な事故事件が多かった。白昼堂々と婦女子への暴行事件が頻発していた。「由美子ちゃん事件」はその象徴的な出来事だったが、その翌日には具志川市でも家族の前から幼い少女が拉致されて暴行された。六〇～七〇年代にかけてベトナム戦争の出撃基地となった沖縄では、米国への反発が一層高まっていくのである。

葉子の学生時代も否応なく、このような政治の渦に巻き込まれるのである。葉子の初恋もまた隊列を組んだ何回かのデモへの参加での男子学生との出会いであった。

「君は知っているか？　一九五六年に琉球大学の学生が反米的であるとして退学処分を受けたことを？」

葉子は首を振った。

「米人ガードが主婦を射殺したことは？」

それも知らなかった。

「由美子ちゃん事件は？」

それは知っていた。それだから米軍の圧政に対する抗議集会へ参加したのだ。

由美子ちゃん事件とは、葉子が大学へ入学する前の一九五五年九月三日、沖縄本島の嘉手納村で発生した幼女の強姦殺人事件だ。石川市に住んでいた当時満五歳、数えで六歳の幼女永山由美子が、アメリカ軍嘉手納基地所属の軍曹アイザック・ジャクソン・ハートによって暴行・殺害された事件である。由美子ちゃんの遺体は海岸沿いの塵捨て場に捨てられていて、沖縄の戦後史に残る最も痛ましい事件の一つとされている。

「そうだよな、米軍はミルク給食を開始したり公民館を作ったり道路を整備したりしてくれるが、他方では沖縄県民の人権を無視している。それればかりではない。土地を奪い基地をどんどん作っている。目くらましの飴と鞭の政策だ」

葉子と一緒に参加した大学で新しくできた友達の上里幸恵と比嘉春子も隣りで拳を握りながら、男子学生の話を聞いている。男子学生は琉球大学の学生だという。入学したばかりの葉子たちに多くのことを教えてくれた。

「沖縄は、今は日本から切り離されているから沖縄県民とも言えない。沖縄県は消失している。我々は無国籍の民だ」

「アイゼンハワー大統領はアメリカ議会において沖縄の軍事基地の無期限使用を宣言している。沖縄の住民の意志を無視した高慢な宣言だ」

「我々は、我々の踏みにじられた人権を守るためにも祖国日本へ帰るべきなのだ。これからは祖国復帰運動を、沖縄の土地を守る会と連携して強力に取り組まなければならない」

葉子たちは何度もうなずき感心して聞き入った。

葉子は田舎で育った自分の無知を恥じた。

「ところで君たちの名前は何ていうの？　ぼくは山田隆だ。よろしくな」

三人は、感謝の言葉を添えてそれぞれの名前を名乗った。

それから後、何度か山田隆に会った。大学で開催される交流集会や与儀公園で開催される県民の抗議集会でも出会い手を上げて合図をした。仲良しの三人が一緒の時もあれば、葉子一人だけの時もあった。公園の芝生の上に座ったり、大学の生協でそばを食べたりしながら、山田隆は沖縄の現状を話してくれた。二つだけ年上の先輩とは思えないほどの知識量だ。しかし、集会やデモに参加することを強制することは決してなかった。その心遣いが嬉しかった。いつしか葉子は山田隆に対する淡い恋心のような感情が芽生えていた。

隆に誘われて国際通りも歩いた。喫茶店は通り沿いに何軒あるだろうかと賭けをして、二人で端から端まで歩いた。葉子は三軒、隆は五軒で賭けたが、わずかに二軒で葉子の方が近かった。引き返してその喫茶店の一つに戻り、賭けに負けた隆にコーヒーを驕って貰ったことも楽しい思い出の一つになった。それから何度かその喫茶店に行きデートを楽しんだ。一緒に映画も見た。デートの度にというわけではないが、隆は沖縄への思いや、米軍や日本政府への思いを熱く語った。

「沖縄戦におけるウチナーンチュの献身的な犠牲を日本政府はもっと理解すべきだ。そうすれば、沖縄を日本から切り離してアメリカに引き渡すことなんて、しなかったはずだ」

「ぼくは沖縄の現状を日本国民に知らせたい。沖縄で祖国復帰運動をやっているだけでは駄目なんだ。沖縄の現状を訴え、日本国民全体の問題にしなけりゃいけないんだ」

山田隆は、沖縄戦で父親を亡くしていた。父親は教師だったという。

「本土の学生との交流をとおしても浮かんでくる課題は、沖縄を余りにも知らないということだ。民主国家と言われているアメリカに、ぼくらは大きな期待を持つべきではないんだ。彼らはサンタクロースではない。軍隊なんだ」

「ぼくの夢は、いつの日か本土側から沖縄の奪還闘争を作り上げていくことだ。このままで終わってはいけないんだ」

隆から学ぶことは多かった。隆は首里出身だった。ヤンバル育ちの葉子にとって、都会は新しい人と出会いまさに学ぶ場所だった。隆のような人はヤンバルにはいなかった。隆の知識に衝撃を受け、人間としての存在に憧れるようになっていた。

ところが、隆は卒業すると、本当に東京へ行ってしまった。自分の思いをすぐに行動に移すことも隆らしい決断であったが、葉子に芽生えていた恋心は一気に摘み取られた。一鉢の朝顔が芽を出し逞しく成長しつつあったが、水やりが途絶えて支柱が外されたようなものだった。隆からは別れの言葉もなかった。また、葉子からもほのかに芽生えた恋心を隆に打ち明けることもなかった。葉子の一方的な片思いに過ぎなかったのだ。

それでも葉子は、隆が旅立つ日に那覇港に出かけた。船上の隆へテープを投げることはできなかったが隆を見つけると、とっさに手を振った。隆は気づいていなかったかもしれない。港へ行って見送ることは告げていなかったのだから……。大人になった葉子にとって、その日は涙を堪える初めての日であったかもしれない。

隆が葉子の前から去った後も、様々な出来事があった。大学での新しい知識の学びや新しい人々との出会いもあった。幸恵や春子との楽しい日々も続いていたが、小さな別れも訪れた。葉子には自らが選び、自らが軌跡を作る人生の入口についたという自覚もあった。予期せぬ出来事が起こり、不安な出来事が的中する日々もあった。

そんな中で一人住まいのアパートに空き巣が入ったことには驚かされた。ヤンバルの日々ではあり得ないことだ。呆然としたが、どんな日々も葉子の日々だ。それぞれの日々に対峙し、時には受け入れ、時には抗い、それぞれの日々を刻んでいく。希望や絶望も織りなされて一回限りの人生を作っていく。葉子は葉子なんだ。この地球に一枚しかない唯一の葉、一人しかいない葉子なんだ。葉子は父や母が名付けた名前に励まされた。

葉子の不安を知り、結婚したばかりの叔母喜代が手を差し伸べてくれた。喜代は教員養成学校である文教学校を卒業し、郷里に帰らずに那覇で教職に就いていた。戦前の金武で葉子に「赤田首里殿内」の歌や遊戯を教えてくれた優しい叔母だった。

「葉子ちゃんさえ良ければ、私の所においで。一緒に住みましょう」

叔母は、嫁ぎ先の夫の実家で舅を抱えながら高等学校の教職に就いていた。体育教師だった。

幸いにも喜代の夫の実家は那覇市内に大きな邸宅を構えていて、葉子に一部屋を与えることができると誘ってくれた。

父の禎治郎にこのことを告げると、葉子さえ良ければそれもよいと賛成してくれた。禎治郎は葉子に一人暮らしを経験させたかったようだが、一年半余のアパート生活でそれは叶えられていたはずだ。

喜代にも、葉子を一つ屋根に住まわせることは、禎治郎や姉の久江に恩返しをする機会の一つであったのかもしれない。葉子は喜代の誘いを快く受けてお世話になることにした。

葉子の那覇での新しい環境での生活がリセットされ開始された。葉子は得意な料理を喜代家族のために何度も作った。特別に忙しい日には叔母に依頼されて夕食の準備をすることもあった。進んで部屋の掃除や洗濯もやった。喜代の家には当時には珍しい洗濯機もあった。

颯爽とした高校の体育教師である喜代の姿は、葉子にとっても、いつしか憧れの存在になっていた。喜代にも喜代だけに刻まれる幾山河の日々があったことは想像に難くない。幼いころに母を亡くし多くの寂しい日々を乗り越えてきたはずだ。葉子は喜代と過ごした幼い日の金武での日々を思い出すこともあった。

「あんたのお父さんとお母さんには、たくさんお世話になったよ。私の恩人だよ。いつも感謝しているよ。独りぼっちだった私をわが子のように可愛がってくれたからねえ。嬉しかったよ」

喜代も懐かしそうに笑みを浮かべて金武での日々を語ってくれた。

「あんたは、金武大川が大好きだった。妹の峰子は泣いてばかりいたけれどね」

「あんたたちがパラオに行くと決めた時は、ほんとは寂しかったよ。私もついて行きたかった。でも久江姉さんに諭されたんだ。ヤンバルのお父ちゃんをお願いするよって」

喜代の人生を、葉子は想像した。三高女で学んだ戦争直前の日々。老いた父親と山中に避難したヤンバルでの沖縄戦。教師になる決意を胸に秘めて新設の文教学校で学んだ日々。そして就職。困難に打ち勝ち自立した那覇での教師生活。運命の人との出会いと結婚。葉子には喜代の姿も人生も眩しかった。そして目標にもなり、大いに励みにもなったのだ。

6

喜代の嫁ぎ先の舅《しゅうと》の英一郎は冗談好きで楽しい老人だった。英語が自由に話せて貿易会社の管理職で退職したが、高学歴の履歴を見せびらかすこともなく葉子を可愛がった。ユーモアもあって葉子をからかうことも多かった。

「葉子ちゃん、妻に用事があるのだが……」

葉子は戸惑った。奥さんは数年前に亡くしていたからだ。

「妻に用事?」

「つまに、ようじ。爪楊枝が欲しいんだよ」

英一郎は葉子の戸惑いを見て笑い声をあげる。万事がこんな調子だった。

英一郎には子どもは一人息子だけで、娘がいなかったからだろうか。嫁の喜代も、そして葉子も娘のように可愛がられた。

英一郎は英字新聞を購読していて、葉子にはアメリカ本国のことや世界の動きなどを、記事を拾いながら説明してくれた。

「新聞は、どうして新しく聞くなのかな。新しく読むでは駄目なのかな。どう思う、葉子ちゃん?」

「どう思うって……、そうですね」

葉子が答えあぐねる。それを見て楽しそうに説明する。

「新聞はニュースペーパーを訳した言葉だよね。ニュースは東西南北の意でNEWS。東西南北の出来事を耳を澄まして聞くから新聞と訳したのかもしれないね。さあ、これ嘘かホントかどっちだろう。大学生に分かるかな?」

葉子が茶を淹れて英一郎の書斎に持っていくといつもからかわれた。でも英一郎の周りには新しい知識が渦巻いていた。このことに触れるのも楽しかった。

茶を持って行くと、時々は小遣いももらえた。なんだか悪い気がして、喜代にこのことを話すと笑って答えてくれた。

「あげるものは、もらっておきなさい。お父さん（義父）は葉子ちゃんが来てからとっても明るくなったねって、主人と話しているのよ。有り難うね、葉子ちゃん」

お礼を言われたが、なんだか腑に落ちなかった。ご主人の英夫さんも英語が達者で琉球政府の関連機関の役職に就いていた。

「葉子ちゃんには話していなかったけれど、お父さんはね、戦前にも米国との貿易会社に勤めていたのよ。戦争が始まるとそれがスパイ行為だと疑われてね、日本軍からひどい目にあったらしいの。それだけではないのよ。南部に避難中に、幼い唯一の娘さん、うちの人（主人）の妹の恵美子さんを亡くしたのよ」

葉子は驚いた。初めて聞く英一郎の過去だった。だれもが悲しみを抱えて戦後を生きているのだと思った。戦争を体験した沖縄の人々の強さを思いやった。同時に悲しみや寂しさは目に見えないものだと思った。何だか悲しかった。

「お父さんはね、黙って何も言わないけれど、葉子ちゃん、甘えるといいよ。お父さんも葉子ちゃんに甘えているんだよ」

喜代の言葉に葉子はうなずいた。

英一郎は、その後も葉子に温かい言葉をかけ続けた。葉子は笑みを浮かべてそれを受けた。人間の持つ強さと優しさだ。悲しい体験をした人ほど、他人に優しくなれるのかもしれない。葉子のその後の人生を歩む上での大きな発見の一つで、少なからぬ影響を受けた人物の一人だった。

「葉子ちゃん、デート代だよ、ほらデート代。若いんだから何度でもデートをしなさい。何度でも恋愛をしなさい。男を振りなさい。振られなさい。振られなさいは余計だったかな」

楽しそうに笑う英一郎にそう言われても、デートをする相手がいなかった。その度に山田隆との楽しい日々が思い出された。初恋の人は東京へ行きましたとは言えなかった。

英一郎は若いころアメリカ留学の経験があったようで、葉子の行動にも寛大だった。

そんな英一郎が、葉子が卒業した数年後に亡くなった。初孫が生まれた朗報を聞いた数日後に、喜代の退院と入れ替わるように入院した。喜代からは長くはないとの連絡があって、葉子はすぐに見舞いに駆け付けたが間に合わなかった。

葉子が卒業後に両親と一緒に暮らしていた楚洲《そす》村は、那覇からは余りに遠すぎた。遠い場所へ喜代の出産の朗報と英一郎の訃報が重なって届いたのだ。何とも複雑な思いで、葉子は告別式を手伝った。人生の場における喜怒哀楽の訪れは、時も場所も選ばない。そんな感慨はパラオの地で幼い葉子に既に訪れていたはずだが、改めて人の世の冷酷さと優しさを同時に体験した。

葉子は隆に一年遅れで大学を卒業すると、すぐに父から教師として父の学校に就職して欲しいと要請があった。詳しく聞くと、父が学校長をしている国頭村楚洲の小中学校は、あまりの僻地ゆえに教員のなり手がいないとのことだった。県全体としても教員不足で助けて欲しい、中学校の家庭科の教師として採用できるとのことだった。葉子は少しためらったけれど、詳細を聞き父が困っていることが分かり、父の力になりたいと思った、そうすることが父の恩に報いることになると思った。

楚洲小中学校は、父が学校長として赴任した最初の学校である。父にどういう思いがあったのか詳細は知らないが、父は地元の高等学校の教師を辞めて僻地の小中学校長へ身を転じたのである。

楚洲小中学校は、当時全校生徒を合わせても六十三名の過疎地の小さな学校であった。父の赴任当時は三学年が一つの教室で学ぶ複複式の授業が行われていた。三人の弟たちを引き連れての赴任地であったが、三年生になったばかりの俊樹を筆頭に、幸造、卓郎の幼い弟全員が楚洲村に渡って暮らしていた。

当時、楚洲村は陸の孤島とも言われていた。首里王府のころ蔡温の施策によって両隣りの奥村と安田《あだ》村との間が余りにも離れているのでその中間地に位置する楚洲川の下流に強制的に作られた村だとも言われていた。

父の赴任当時にも両隣村との往来は不便で、山間の険しい小さな道でつながっているだけだった。それゆえに禎治郎家族は隣りの安田村からサバニ（小舟）に荷物を乗せて海からの赴任を行ったのである。当時、沖縄本島では最も小さい学校の一つであっただろう。

父禎治郎には相当な覚悟が必要であったと思われるが、赴任に当たって最も重要な課題は教員の確保であったようだ。楚洲村の学校に限ったことではないが、教員はどの地域でも不足しており、沖縄の戦後教育にとって、教員不足は深刻な課題であった。

戦前の沖縄本島の教員は三、〇〇〇名ほどであったと言われている。そのうちの約三分の一が戦争で犠牲になり、さらに三分の一は学校に戻らず、残りの三分の一が戦後に教員として戻ったと言われている。そうした深刻な教員不足を補ったのが、代用教員や短期の教員養成制度であった。それを担ったのは地元の青年婦女子が多かったようだが、なかには教師としての十分な知識を得ないままでの採用もあったという。

一九五〇年代になって、休日や長期休暇などに行われる研修を利用して免許の取得をすることとなるのだが、さらなる課題は教職への定着率の低さであったという。当時、教員は給与の低さから、教員としての収入のみで生活することは困難だったからだ。

生活苦のことを考えれば、教師になろうとする者がいないのは、きわめて当然のこととも言えた。教育委員会や学校長は、教員の希望者を探し、懸命に確保してもすぐに辞めてしまうので慢性的な教員不足に泣かされていた。こんな時代に教員になるのはよっぽどの物好きか、他では使いものにならない人間だという風潮があって、退職者が後を断たなかったのである。

禎治郎は、その打開策として、郷里に縁故のある高学歴の青年婦女子や、数少ない教職希望の親族を説き伏せて楚洲小中学校の教員として着任させていたのである。

葉子は、当初父の要請を受けるかどうか迷っていた。もちろん、大きな理由は教員免許を有していなかったからだ。しかし、父の困った顔や、懸命な顔で、教員不足や教育現場を巡る状況について説明されると、徐々に気持ちが揺らいでいった。

父は娘の私にさえ丁寧な言葉で逼迫した状況を説明したのである。父は、ためらう葉子に、長期休暇を利用しての研修制度や、担当教科が家庭科であることをも力説した。さらに辺境の地の楚洲村では代用教員としての教員さえ確保できない状況を、必死になって訴えたのである。

しかし、葉子には夢があった。だれもが美味しいご飯が食べられて綺麗な服を着ることができる世の中になって欲しいという夢だ。そんな世の中を作る手伝いをしたいという夢だ。パラオでの戦争体験や郷里での幼少のころの貧しさから培われた夢であったかもしれない。それでも一歩を踏み出したかった。そのために大学も卒業したのだ。

父や母の夢は、六人の子どもたちを育て大学までの高等教育を受けさせることであった。葉子の大学入学と卒業は、両親の夢を実現させる第一歩であった。葉子の後に、峰子、健治、俊樹、幸造、卓郎と続くのだ。夢の実現には長い歳月が必要だった。

葉子は両親と最も身近に長く生活したのは、家族の中でも自分だという自負があった。戦前の金武尋常小学校での若い両親の日々や、パラオで生死の境を両親と共に過ごし、生きてきたのだ。

N大学では、県内の教員不足を解消するために一九五九年四月には初等教育学科の設置が期限付きで認められていた。葉子は卒業を急ぐあまり教師の資格を取得していなかった。父の言うように資格取得は、通信教育や夏休みの休暇中に開催される教員養成講座を受講することにして、葉子も楚洲小中学校への赴任を決意したのである。漠然とした夢が、家庭科の教師として生徒たちと接することで、具体的な夢を結ぶ方法につながるようにも思われた。

そんな葉子の心を、父は見抜いていたのかもしれない。

「葉子の夢を実現するのは、教師になることも一つの選択肢だと思うよ」

葉子の迷いを払拭するような父の言葉に、背中を押された。実際、教師として生きることが、葉子にも夢を耕すもう一つの方法にも成り得るような気がしたのだ。あるいは父は自分の夢を葉子に語っているようにも思われた。

葉子の決意には、その他にも溌剌と教師を生きる叔母喜代の影響があったかもしれない。喜代も葉子の決意を後押ししてくれた。さらにもう一つの決意の要因になったのは、母の子育ての手伝いであった。二人の下の弟は未だ母の手を煩わし、末っ子の卓郎は四歳で、上の弟の幸造も小学校に入学したばかりであったのだ。

そして、母久江が語った言葉は強く葉子の背中を押した。

「葉子ちゃん、父さんが高等学校の教師を辞めて小中学校の校長先生になりたいと思った理由は知っている？」

葉子は首を横に振った。葉子を説得するために父は様々な理由を語ったが、このことは言わなかった。久江は声を落として、葉子に耳打ちするように言った。

「父さんはね、戦前の教師の一人として、やはり自分も皇民化教育へ加担したのではないか。戦争への道を切り開いた加害者の一人ではないかと苦しんでいるのよ。その反省を踏まえて、幼い子どものころに自由で闊達な個性豊かな子どもたちを育てるべきだ。高校生はなんとかなる。自分で考えることができる。でも、小学生、中学生は教師の言いなりだ。二度と戦争を起こしてはならないのだって……」

「それで私も、父さんについて、この田舎の学校に来ることにしたのよ」

母さんは最後には笑みを浮かべていたが、葉子は瞼を熱くした。

父の思いを知ると葉子の迷いは一気に払拭された。教師になることに一時はためらったものの、決断すると葉子の楚洲での教師生活は日増しに充実したものになっていった。生徒たちとの日々は教師を生きる葉子の新しい時間を充実させていた。一時期、隆のように、東京へ出かけていく夢が再燃したこともあったが、遠い夢になった。父の背中を見ては自分の思いを重ねた。隆が語った沖縄の激動の時代をやっと理解できたようにも思った。そして教師を生きることが大きな夢に膨らみ徐々に確かな夢に成長していったのである。

山間の地で、自由に野山を駆け巡る腕白盛りの子どもたちの成長を見るのは楽しかった。さらに、やんちゃな弟たちの頭を撫で、危険な遊びには注意をし、母の家事を手伝い、大学で学んだケーキ作りなどを中学生の子どもたちや母と一緒に行うことは、やがて至福の時間になっていた。

そんな日々の中で、叔母の喜代から子どもが生まれたとの電話が届いた。続いて義父の英一郎が亡くなったとの知らせが届いたのだ。

英一郎は、葉子の教師生活のスタートを、叔母と共に喜んでくれ、記念にと万年筆を贈ってもらっていた。「妻に用事だ」「ほら、デート代だ」と言って、微笑を浮かべて葉子をからかっていた優しい人柄が思い出された。幸せと不幸が隣り合わせにある人生の不可解さに改めて驚かされた。人間にとって避けることのできない死の残酷さ、そして命の誕生の荘厳さにも、葉子は感慨深い驚きを覚えていた。

さらに、葉子を驚かせる大きな出来事がすぐに起こった。突然のことだった。またしても、人生には、至福の時間の傍らに不幸な時間が隠れていることを教えてくれるような出来事だった。弟の幸造がハブ（毒蛇）に頭を咬まれたのだ。幸せな時間も不幸な時間も長くは続かないことを葉子は何度も体験していたのだが、大きなショックを受けた。

弟の幸造は、父が赴任してきた二年目の春に小学校の一年生になったばかりだった。禎治郎はそれを機に兄の俊樹と一緒の勉強部屋を増築した。母屋に寄り添って建て増したトタン葺きの小さな勉強部屋だったが、二人の弟は自分たちの部屋ができたことを喜んだ。朝の登校時に机を並べた二人が時間割を調べ、カバンに教科書を入れている最中に、本棚の上でとぐろを巻いていたハブに幸造が頭を咬まれたのだ。

幸造は泣き叫び、俊樹は驚いて部屋を飛び出した。二人の異変に気づいた禎治郎が走って駆けつけると、本棚の上で白い腹を見せながら蠢いているハブを見つけたのだ。

葉子には、それからの時間は記憶のフィルムが高速回転で巻き取られるように慌ただしく過ぎていく。父の指示であちらこちらと走り回ったことは覚えている。父も混乱していたのだろうが、様々な対応を葉子に伝え依頼する。まず親しくしている隣家に走って行き、幸造がハブに咬まれたことを伝える。地元の人の協力が必要だ。咬まれた後の対応を確認し、ハブの退治も手伝ってもらうためだ。

父は幸造が頭を噛まれているのを確認すると、剃刀を当て血を吸い出す応急処置をすぐに行う。毒が全身を回るのを防ぐ迅速な対応が必要だった。一刻を争う緊張感の中で血清を置いている村の区長さんへ急を告げて血清注射をしてもらうために葉子は下の村へ走る。さらに村の共同売店から電話をして両隣村に住む医介補を呼び寄せる。

息が上がったままで我が家に戻ると、幸造の頭は既に肩先まで膨れ、目は糸を引いたように細くなり顔の中に隠れている。母の久江は涙を堪えながら座り込んだままで幸造を抱きしめて逝かせまいとしている。

二人の弟の俊樹と卓郎は庭に降りて幸造を咬んだハブを石で叩き潰している。既に死んでいるハブを、二人は罵りながら叩いている。

葉子は俊樹に学校へ行く準備をさせる。一緒に学校へ行き、事の次第を学校の教師仲間へ報告する。数人の教師が我が家に駆けつけて父の指示を確認する。怒濤のような数時間が過ぎても深刻な不安が家族皆の心を大きく掻き乱す。

両隣の医介補がサバニに乗って村に到着し、幸造を診て治療を施す。我が家に泊まり込んで幸造の緊急事態に対応する。

三日後にやっと命をつなぎ止める兆しが見えてくる。

「ぼく、若秩父みたいだね」

幸造が久江に抱かれたままで笑顔を作り周りの者に笑いかける。

久江の頬だけでなく、周りの者みんながほっとして、幸造の健気な言葉に涙を堪える。

二人の医介補が、やっと安堵の表情を浮かべて、父や母をねぎらった。

母の久江が安堵のゆえにか、奇妙な笑顔を浮かべて父や葉子を見た後に、力いっぱい幸造を抱きしめた。

7

葉子の夫となる与那嶺正男との出会いも不思議な縁であった。縁という以上に実感の湧かない夢の中の出来事のようだった。自分の結婚というのに他人事のように思えたのは、見合い結婚のような縁談であったからかもしれない。父禎治郎の勧めた結婚であったが決めたのは葉子だ。迷いながらも芽生えた教師として生きる夢を刈り取るには大きな勇気が必要だったが、葉子は新しい生活を選んだ。

その後に正男と歩んだ人生は、幸せな日々も多かったが、大きな波が何度も押し寄せてきて葉子を苦しめた。船縁《ふなべり》に必死にしがみつき振り落とされるのを辛うじて避けた人生だったようにも思われる。あるいはこのような人生をも充実した人生であったと振り返るのだろうか。

与那嶺正男は、戦災孤児と言ってもよかった。正男は父の顔を知らず兄の顔も知らず、幼くして肉親を失った。葉子にとって正男の出生や生い立ちは、多くは結婚後に知ったことだったが、父禎治郎は知っていたのかもしれない。父や正男から途切れ途切れに聞いた半生はそれこそ苦難に満ちた日々だった。

正男が晩年になって、葉子の弟俊樹へ聞き書きを依頼して語った日々はおよそ次のようなものだった。

※

私は、一九三六（昭和十一）年、国頭郡国頭村楚洲（正確には本村から二キロほど離れた小字の通称G村）で生まれました。父は正勝、母はウサと言います。母が私を身ごもったころに、父正勝は鳥取県に出稼ぎに行きました。貧しさゆえにです。鉄道工事の仕事に就くためだったと聞いていますが詳しいことは分かりません。父は行ったきりで、もう故郷へ帰って来ることはありませんでした。

父は出稼ぎ先の鳥取で脚気にかかり、他の病も併発してまもなく亡くなったのです。たしか二十三歳ごろだったと聞いています。だから私は父の顔も見ていません。思い出もありません。父の遺骨は戻って来たのですが、私は生まれたばかりですから当時の記憶は定かではありません。父の従兄弟が遺骨を受け取りに鳥取まで出かけて行ったと聞いたことがあります。

私は生まれてすぐに父を失い、唯一の兄も幼くして病で亡くしていました。母と二人きりの人生をスタートしたんです。

父正勝は二男一女の三兄妹でした。祖父は正治、祖母はマカトです。祖母マカトは再婚です。マカトの夫は日露戦争で亡くなったと聞いています。

父正勝は次男になります。長男は正光という名前でしたが、家が貧しかったのでブラジルへ渡りました。私には唯一の伯父です。正光に会いにブラジルまで行ったことがあります。父の面影を求めての旅ですが、立派な伯父でした。伯父はブラジルで暮らし年老いてブラジルで亡くなりました。

伯父が亡くなったのは平成二年二月八日で八〇歳でした。伯父は生涯、独身でしたので、沖縄から親戚の正俊が遺骨を受け取りに行ったのではなかったかと思います。

私には父との思い出もなく、また伯父も遠いブラジルに住んでいましたので、頼りにする身内は当初から、一人もいませんでした。それは寂しいものでした。

父正勝の妹がカマドです。カマドは、少し脚が悪く片足を引き摺るようにして歩いていました。結婚もしていません。カマドの晩年は、私が面倒をみました。

父正勝が亡くなった後、母ウサは生まれたばかりの私と一緒に、父の実家に世話になりました。母からすれば舅姑の家です。私からは祖父母に当たります。

母は、私を育てるために一生懸命働きました。母が畑を耕し野菜を植えていた姿はまだ覚えています。肩身の狭い思いをしていたと思いますが、母の苦労が思いやられます。

母は、そんな中で一大決心をします。私を舅姑に預けてヤマトに渡り紡績工場で働く決心をしたのです。たしか東京近郊だったと聞いていますが定かでありません。「内地に行く」「内地に行った」と私の記憶には残っています。母は私を育てるために、父と同じように出稼ぎに行くことを決めたのです。私が小学校に入学すると、何かと出費があるので現金収入を得るためです。ヤンバルでは女の人が現金収入を得るような仕事はないんです。

当時は、ヤマトの業者がヤンバルまでやって来て、県外の仕事の斡旋や勧誘などを頻繁に行っていたようです。現金収入のない山村です。母は都会に出て働いて私のために実家に仕送りをしようと考えたんです。

ところが、母は仕事先で病気になって仕事ができなくなりました。なんの病気だったかはよく覚えていませんが、肺結核だったと言われていたように思います。当時は沖縄から紡績の仕事に出かけた人は、肺結核を患って帰って来る人が多かったようです。

母は故郷に戻ってきて病を抱えたままで体調を整えながら、私を育てることになります。

舅は、村人からタンメーと呼ばれ唐旅にも出かけたことがあると聞いています。タンメーとかウンメーという呼び方は、士族や位の高い人に使われる言葉だと聞いたことがありますが、村人からそう呼ばれていたんです。そう言われてみれば、我が家のウコール（香炉）は唐に縁のある品だったと聞いたこともあります。明治政府によって首里王府が滅ぼされたときに職を失ってヤンバルに流れてきた士族の末裔ではなかったかと思われます。

タンメーは気品が高くおしゃれ好きで、農作業が下手でした。畑の手入れよりも、身だしなみに気を配る人だったようです。山仕事も海での漁も下手でした。周りの人にはそう映っていたようです。母はその分も、病を背負いながら頑張ったんです。

しかし、母はついに斃れてしまいました。私が中学二年生の時です。私は泣きじゃくりました。とても悲しかったことを覚えています。

今考えると、父の一生も母の一生も何だったのでしょうかねえ。父は二十三歳、母は三十三歳だったと思いますが、二人とも若くして亡くなりました。苦労の多い人生だったと思いますが、苦労するために生まれてきたのでしょうかね。それとも私を生むために、生まれてきたのでしょうかね。

父も母も、私一人だけを残して死んでしまいました。私は中学二年生から、両親のいない天涯孤独の身になったのです。

私が小学生のころ、私の生まれたG村は上の村に一〇軒ほど、下の村にも一〇軒ほどの家がありました。私の住む家は下の村にありました。下の村の北側には滝がありました。南側には大きな川が流れており水が豊富でした。船が河口に入ってこれるほどの大きな川でした。

村人の現金収入は、山から木材を切り出したり、竹を切り出したり、薪を束ねたりして、与那原からやって来るポンポン船の仲買人に売りに出して手に入れていました。

私は小学生のころから、ポンポン船がやって来る度に、一生懸命、竹を切り出し束ねて売る準備をしました。母や、タンメー、ウンメーを、少しでも楽にしてやりたいと思ったからです。もちろん、私の手元に現金が残ることはありませんでした。

村から学校までは約四キロほどの道のりがあります。それも道らしい道のない険しい山道です。雨が降ると川が増水して渡れなくなります。橋なんてないんです。丸太木を横に倒して渡しただけの橋でした。毎日せっせと学校まで裸足で通いました。あのころは靴もなかったんです。草履を履けた日は嬉しかったなあ。

中学校を卒業すると、上の村から一人、下の村からも一人の高校進学者が出ました。羨ましかった。当然私は貧しかったから進学することができません。母は中学校二年生の時に亡くなっていましたし、タンメー（祖父）とウンメー（祖母）との三人で、日々の生活で精一杯でした。進学なんて、とんでもないことでした。

老いた祖父母には迷惑もかけられません。なんとか早く一人前になって、タンメーとウンメーを楽にさせたかった。その一心でした。

私はG村出身の清造さんが、コザで大工をしていることを聞きつけ、働かせてもらいたいと思いました。食べるためには働かなければなりません。清造さんの所で働く決心をしてG村を出たんです。いよいよ独り者の独りでの生活が始まったんです。

故郷を後にして、コザに出てきたけれど、夢なんかなかった。ただ食べるために働く場所が欲しかっただけです。夢を持つようになったのはだいぶ後です。禎治郎さんと出会ってからです。葉子と結婚して、子どもができてからです。夢を持ったのは……。

葉子や子どもたちを幸せにしたかった。禎治郎さんの期待に応えたかった。それが私の夢だったんです。

私は生まれた当初から、父も兄も死んでいて家族らしい家族で育ったことはなかった。結婚して家族というものを初めて持った。嬉しかった。私に妻や子どもができたんだ。父や母もできた。葉子の両親が私の父親代わり、母親代わりになった。ずいぶん無理を言ったり甘えたりもしました。そして葉子の四人の弟たちも、私の弟になりました。嬉しかった。独りぼっちでなくなったんです。

新しくできた家族のために一生懸命働いたよ。脇目も振らずに働いた。働くことが楽しかった。こんな気持ちなったのは結婚してからだよ。それまでは何のために働いているのかも、よく分からなかった。

コザに出てきて清造さんの元で働き始めたころが一番辛かったなあ。同年配の子どもたちは制服を着て学校に通っていた。その姿を見ると羨ましかったよ。

故郷には、タンメーとウンメーしかいなかった。父も母も兄も死んでしまっていた。故郷に思いを残すことは何もなかった。強いて言えば、タンメーとウンメーに楽をさせたい、タンメーとウンメーに恩返しをしなければいけない。そう思っていた。でも、それよりも先に、自分が生きていかなければならなかった。食べていかなければならなかった。その場所が欲しかったんだ。それが清造さんの家だった。住み込みで働いたんだ。

私は住む場所もなかったから、住み込みで働かせてもらうのはむしろ有り難かった。それが都合が良かったんだ。ところが、働いても給料はもらえなかった。不思議に思ったが言い出せなかった。

清造さんは親戚筋にあたる人で、大工をしていた。私は大工見習いということだったが一日中、鉋《かんな》ばかり掛けていたこともある。給料はなく、ただ仕事と住まいを与えられ、食べさせてもらうだけだった。清造さんも給料をあげることは考えていなかったようだった。無理に働かせてもらったんだから仕方がないかなと諦めていた。仕事も辛かった。働きずくめの毎日だった。

清造さんの奥さんの妹は豆腐屋をやっていた。だから大工仕事がない時は、泡瀬まで行って海水を汲んできた。豆腐の「にがり」を出すためだ。これがまたきつかった。天秤棒で海水の入った桶を担いで、何キロもの道を汗だくになって歩いた。泡瀬からコザへの道は、ちょうど登り坂になっていたからな、余計にきつかったんだ。

辛い仕事を耐えることができたのは、何だったのかなあ。今でもその理由は分からない。朝から晩まで鉋削りをやり、毎日の大工仕事。仕事のない日は海水汲み。給料はもらえない。ただ食べるだけ。来る日も来る日も清造さんの家業を手伝うだけさ。

でも、七月（盆）や正月には故郷へ帰れた。タンメーやウンメーへの手土産を持って帰ることが許された。それが唯一の楽しみだったかなあ。

故郷へ帰ったら、まず顔も知らないままで亡くなったお父と兄、そしてお母の墓参りだ。それも故郷へ帰る目的の一つだった。お母とお父、また三歳で死んだ兄の眠る墓の前で泣いたこともあるよ。なんで、私だけ苦労をしなければいけないんだろう。なんで私だけ残してみんな死んでしまったんだろうってな。

それでも、くじけるわけにはいかなかった。辛くても生きていかなければならなかった。しかし、ずーっと清造さんの家にやっかいになっているわけにもいかなかった。

それでいろいろ考えたんだが、運転免許を取れば、なんとか新しい仕事にありつけるのではないかと思った。そこで、清造さんに頼み込んで運転免許を取ることにした。お金は、ヤンバルのウンメーが親戚を廻って工面をしてくれた。初めての借金だった。六〇ドルほどだったと覚えているが、胸が震えたよ。そして有り難かった。

免許を取るためにはコザから那覇市の首里坂下にある運転免許取得のための学校へ通わなければならなかった。バスで通ったよ。運転免許取得の学校は当時、どこにでもあるものではなかったからな。このことが、予想どおり私の大きな転機になった。

念願叶って運転免許を取った後、基地従業員の募集があったので、すぐに応募して基地従業員になった。基地の中でトラックの運転手をやったんだ。基地内での荷物運びだね。最初の給料をもらったときは、さすがに嬉しかったねえ。やっと大人になったような気分だったな。それから夢中で働いたよ。

働き過ぎたので、仲間たちからは嫌味を言われたこともあった。ウチナーンチュの基地従業員はあんまり働かなかったな。のらりくらりと時間を過ごしているようだった。私は働くことが楽しかったよ。働いたら給料がもらえるんだからな。暇なときは、自分の使うトラックをせっせと磨いたよ。

アメリカ人の上司は私の仕事ぶりを見ていたんだろうな。信頼されて時々声をかけられ励まされた。やがて技術屋にならないかと誘われた。技術屋といっても電気屋だ。電気の配線など、プラス、マイナスもよく分からなかったんだが、試験があって受験するようにと言われた。受験すると合格して採用された。採用されたのは基地の中の電気屋だ。親会社は浦添の城間にあった。もちろんアメリカ人のシビリアン（民間人）が経営している店だった。

電気屋で働いたら、さらに給料が良くなった。給料が良くなったら、さらに働く意欲が湧いてきた。仕事は基地内の電気関係の仕事全般で、あれやこれやとなんでもやった。

電気屋の仕事の一つに、当時、流行していたジュークボックスの賃貸業があった。この仕事には興味があって、やがて自分一人でもジュークボックスの修理が出来るようになった。

このことを契機に独立して基地外でジュークボックスの賃貸業と電気屋を立ち上げることにしたんだ。少し不安だったが、基地内での仕事も引き続き得ることができたので、思い切って決断したんだ。

これが当たったんだよ。大きな当たりくじを引いたようなものだった。ジュークボックスは基地内だけでなく、当時は基地外のAサインバーなどでも必需品のようなものだった。面白いようにお金が入ってきた。どんどんジュークボックスを増やしたよ。

ジュークボックスだけでなく、手に入れたお金で電化製品も数多く仕入れることにした。電化製品もよく売れたよ。冷蔵庫、テレビ、洗濯機、ラジオ、ストーブなども販売した。当時電化製品を買うのは庶民の夢だったからな。品物は飛ぶように売れたよ。

電気屋は、結婚しても続けたので、じいちゃん（義父禎治郎）も協力してくれた。学校での電化製品の販売にも喜んで協力してくれたよ。ストーブなども、じいちゃんの世話でだいぶ売れたな。今考えると、じいちゃんはよく協力してくれたなと思うよ。俊樹（義弟）などもよく店番を手伝ってくれた。

親戚はほとんどいないと思っていたんだが、成功するとあちらこちらから親戚が現れてね。金を無心したり、電化製品を強引に半値にして持ち出していく者もいた。それでも嬉しかった。ずーと独りぼっちだったからねえ。面倒を見ることが嬉しかったよ。

店舗も広げて従業員も雇った。予想もしなかった生活を手に入れたんだ。何もかもが順調だったよ。故郷のタンメーとウンメーにも仕送りを続けた。ブラジルの伯父さんにも仕送りを続けた。伯父さんもとても喜んでくれたよ。

経済的な余裕が出来たので二十歳でコザに家を建てたよ。当時のお金で一、二〇〇ドルぐらいだったかな。

家を建てたので、タンメーとウンメーを故郷から呼び寄せて一緒に生活することにしたんだ。しかし、ウンメーはコザに来て間もなく亡くなってしまった。残念だった。

新しくできた親戚にも援助をしたよ。また故郷からは私を頼って、コザに出てくる者もいた。そのだれもの面倒をも見てやった。我が家を住まいとして、ただで貸してやったよ。

お金はあっても私には使い道がなかった。家族がなかったからな。郷里の人々の面倒を見ることに金を使ったんだ。食べるだけの生活から、まるで夢のような生活を手に入れたんだ。

タンメーが亡くなったのは、私が葉子と結婚してからだ。ちょうど長男の正一が生まれた日、昭和三十八年一月十九日だった。

身ごもっている葉子にはみんなが気を遣ってタンメーが亡くなったことを知らせなかったよ。特に葉子の母親の久江は気を遣っていた。初産の娘に障《さわ》りがあると困ると思っていたんだろうな。久江や禎治郎にとって初孫だったけれど、私にも気を遣ったんだ。孫が生まれた喜びは二人とも控えめにしていた。葉子は不思議がっていたはずだ。

私はタンメーの法事で忙しくて、正一の出産にも立ち会えなかった。生まれて数日後にわが子の顔を見たんだが、涙が止まらなかったよ。正一は、タンメーの生まれ代わりだと思ったよ。

故郷は私に何一つしてくれなかった。しかし、故郷は私にとって、たった一つの拠り所だった。故郷のために何か役立つことがしたかった。故郷の村行事には多額の寄付をした。故郷に関係する人々の冠婚葬祭にも十分すぎるほどの祝儀や香典料を包んだ。それが私の生きている証のようにも思われた。

やがて故郷の母校へ恩返しをすることを思い立った。母を失って独りぼっちになった少年期の辛い時、学校へ行けば寂しさが振り払われた。学校にいて机の前に座っている時、校庭で遊んでいる時、最も幸せな時間だったことを思いだしたんだ。

当時、電化製品の中でもテレビが最も人気のある商品の一つだった。高価で、まだなかなか個人で手に入れることが難しかった。このテレビを学校に寄付することを思い立ったんだ。遠隔地のためにに画像がはっきり映るだろうか、との不安もあったが、沖縄でもテレビ局が開局され、徐々に普及されつつあったので思い切って試してみることにしたんだ。

学校に電話して学校長に取り継いでもらった。自己紹介をして事情を話した。学校長は私の行為を素直に喜んで感謝してくれた。むしろ激励をされ、讃えられた。私のこんな小さな行為を大きく喜んでくれる学校長の言葉が、私は嬉しくてたまらなかった。

私は、まだ工事半ばの北部半島一週道路を、ピックアップトラックの荷台にテレビを載せて早速学校を訪問した。学校長は温かい笑みを浮かべて私を迎えてくれた。私の人生の中で最も尊敬する人との初対面だ。その思いは今も変わらない。私の努力を認めて私を讃えてくれた最初の人だ。そして唯一の人だった。以後、私の生きる支えになってくれた。後に私の義父となる大浜禎治郎校長との初めての出会いだった。

テレビは、私の予想を上回って映りが悪かった。それでアンテナを高くしたり、校舎近くの高台に建てたりと工夫をした。そのために何度かコザから遠距離の学校まで通った。子どもたちにテレビを見せたいという必死の思いだった。映像がブラウン管に映し出された時は、私も感激した。

私が、母校にテレビを寄付したことは、当時の新聞の記事にもなったよ。写真入りでね。禎治郎校長が新聞社に連絡したと思うんだが、私の頑張りを褒め称えた記事だった。今手元にその記事がないのが残念だが、一九五九年か六〇年ごろだったと思う。

ウイヌシマ（上の村）の子どもたちも職員室に集まってよくテレビを見ていた。その中に丸刈りをして熱心にテレビの画面を見入っている生徒がいた。俊樹だった。

何度かコザから学校まで往復しているうちに、学校長の前で身の上話などをした。何でもないことだと思ったが、禎治郎校長は真剣にうなずきながら聞いてくれた。

何度か他人に愚痴をこぼすように身の上話をしたことがあったが、私の話を熱心に聞いてくれたのは、禎治郎校長が初めてだった。私はこのことだけで嬉しかった。目頭が熱くなった。私の苦労を分かってくれる人が現れた。私を理解してくれる人が現れたんだと思って嬉しかった。父親に出会って、これまでの苦労を話しているような気がしたよ。

そんなこともあって、余裕のあるときは、故郷に帰る道すがら学校へ寄って、テレビの具合をチェックした。校長住宅にも招かれて奥さんの久江さんの手料理をご馳走にもなった。三人の子どもたち、俊樹と幸造と卓郎も可愛かった。三人には野球のユニフォームやグローブを贈ったこともあった。

葉子も一年余り、楚洲小中学校で教員として働く機会があったようだが、ちょうどそのころだった。ちらちらと葉子の姿を見かけたのだが、この家族の温かな雰囲気に涙をこぼしそうになった。私が体験したことのない家族の温もりだ。家族とはこういうものかと、あらためて一人で生きてきた道のりの寂しさを思いやった。

まったく思いがけないことだったが、禎治郎校長から改めて葉子を紹介された。葉子は大学を卒業したばかりで、私にはまばゆく、華やかに映った。私は結婚するにはいい年ごろであったが、一緒になれるとは予想もしなかった。

葉子を近くで見ると、なんともはや私には高嶺の華のように思われた。やはり気後れがしたが、禎治郎校長のような家族を葉子と一緒に作りたいという思いは日増しに強くなっていた。私は意を決して禎治郎校長に葉子と結婚したいという気持ちを述べた。禎治郎校長の家族の風景を見て、私も温かい家族を作ろうと思ったんだ。一度も味わったことのない、一度も持ったことのない家族を作ろうと思ったのだ。禎治郎校長は私の思いを真剣に聞き理解してくれた。私は頭を下げ、額をこすりつけたいほどに感謝した。

禎治郎校長はうなずいたが、優しく、しかし力強く私を見つめて言った。

「娘は大切な私の宝物だ。幸せにして欲しい。絶対に手を挙げるな。手を挙げたら、即刻離婚させる。いいな」と。

私はこの言葉を絶対に守ると約束した。幸せにすると約束した。葉子にも帰する思いがあったのだろう。私の申し出を受け入れてくれた。私は天にも昇る気持ちだった。すぐに私はふるさとに戻り、亡くなった両親の眠る墓に手を合わせた。この出会いに感謝し、何度も何度もこの幸せを報告した。

結婚してからの私は、さらに一生懸命働いた。葉子は聡明な妻だった。身寄りもない田舎育ちの私を蔑《さげす》むこともなく、いつも私を立ててついてきてくれた。そして私の親戚とも、私の予想以上に親しく付き合ってくれた。さすがに禎治郎校長の娘だと感心することが何度もあった。私は有頂天になり幾分か、わがままになっていたはずだ。

琉球大学で一般向けの夜間の英語講座が開設されていた。それを受講することを思い立った。基地内での仕事にも活かせると思ったからだ。ジュークボックスの賃貸業も順調だった。英語を勉強することに葉子の後押しもあった。

大学には禎治郎校長の知り合いの教授や親戚の事務長もいた。心強かった。そして楽しかった。勉強するのはこういうことなんだなって、一生懸命メモを取って英語を学んだ。忙しかったが充実していた。勉強することが誇らしかった。おかげで少しは英語を話せるようにもなって、仕事にも随分と役に立った。また、タイプも習ったよ。何もかもが楽しかった。遅れてやって来た私の黄金時代だ。

脚の不自由なカマドを引き取って世話をみたいと思った。父の妹だったからな、故郷で一人で難儀をしている叔母をほってはおけなかったんだ。悪い脚を引き摺って歩いていたし、数少ない親族だった。叔母は野菜作りや農業も、人並みにはできなかった。このことが気になって故郷から呼び寄せたんだ。

葉子は新婚所帯であるにもかかわらず、文句一つ言わずに引き受けてくれた。叔母は朝から晩まで台所の水と遊んでいた。少し知能に障害もあり、言葉もはっきりとは話せなかったが我が家で最後まで面倒を見て命を引き取った。葉子には今でもこのことには感謝している。

コザ市の宮里に土地を購入して新しい生活の拠点にするために二階建ての家を新築した。葉子を幸せにするという禎治郎親父との約束の一歩だった。

結婚してから今日まで、いろいろあったが葉子を幸せにしたいという思いは消えることはなかった。私を信頼してくれ、私が信頼した禎治郎親父との約束は是が非でも守りたかった。そのためにこそ一所懸命働いたのだ。

コザ高校の裏手に墓地があった。その一角を購入して墓も建てた。故郷の両親と兄の遺骨も移した。私には怖いものなど何もなかった。コザ市でも若い実業家として名士の一人になっていたはずだ。

長男の正一が生まれたころは我が人生の中でもやはり一番充実していたころだったなあ。タンメーを喪って悲しい日々だったが、息子を得た最も嬉しい日々でもあった。私も父親になれたのだ。喜びは大きかったよ。

続いて長女の和歌子が生まれた。和歌子は名前のとおり歌が上手でな、だれからも可愛がられた。次男の正昭も生まれた。正昭が私に一番よく似ていると言われたよ。みんな可愛かった。私は父親である喜びに浸った。子どもたちの運動会、学芸会、一番はしゃいだのは私だったかもしれない。

葉子が作ってくれる弁当は美味しかった。自慢だった。弁当を囲んで、みんなで食べる時間は最高の幸せだった。このために私は生きてきたんだと思ったよ。子どもたちの健康な笑顔を見るのは、何よりも大きな喜びだった。禎治郎親父が見せた家族の世界だった。

葉子は大学で家政科を専門に学んで卒業していただけに、料理も子育ても上手だった。子どもたちはみんな健康ですくすくと育った。

葉子は子育てや料理だけでなく、折り目節目の行事には家族の記念写真を撮ることなどにも気を配っていた。子どもたちの教育にも熱心で、習い事なども無理強いすることはなかったが、子どもたちのためにと、学びやすい環境を作ってやることに気を配っていた。

自らも教養を高めるために、『婦人公論』や『文藝春秋』などを購入していた。話題になった文学作品なども読んでいた。ちらちらと本棚を眺めることがあったが、葉子の本棚から俊樹が文学作品などを取り出して読んでいた姿が微笑ましかった。葉子は俊樹が読むことを意識してか『日本文学全集』なども買い揃えていた。

葉子の弟の健治も、俊樹も、幸造も卓郎も、そして妹の峰子も、みんな賢い子で、私の自慢の弟、妹たちだった。私は子どもの成長と共に、甥っ子、姪っ子たちの成長も楽しみにした。私に一気にたくさんの家族ができたのだ。私は神に感謝したい気持ちだった。余りの貧しさに神なんかいないんだと嘆いていた日々が嘘のように遠ざかっていた。

私は初めて夢を持てるようになった。三人の子どもを立派に育て家族を守るという夢だ。禎治郎親父との約束を守って家族みんなを幸せにする夢だ。

また、子どもたちの夢を叶えてやる。このことも私の大きな目標になった。そのために私はさらに一生懸命働いた。私にできることは一所懸命働くことだけだったからな。

今になって思うよ。家族を守るために家族を省みなかったのかも知れない。葉子の苦労や、三人の子どもたちの夢や悩みに、しっかりと向きあうことができなかったのかもしれないと……。

人生の日々はあっという間に過ぎ去っていく。一九三六年生まれの私は、二〇一九年の誕生日を迎えて八十三歳になった。人生の晩年期と言ってもいいだろう。古希を過ぎたころからは多くの病を患った。手術もした。あの世から生還するほどの大病も患った。もう仕事もできなくなった。でもこうして今、辛うじて生きている。

このようにして生きていることに意味があるのだろうかと、時々は落ち込むことがある。憂鬱な気分にもなるが、弱音は吐くまいと堪えている。まだまだ、子どもたちや孫のことが気になってしょうがない。また、禎治郎親父との約束が果たせたかどうか、葉子を幸せにできただろうかということも気になってしょうがない。だから、なかなかあっちへ行けないでいるのだ。

和歌子と正昭がアメリカに行きたいと言ったときも、なんとか二人の夢を叶えてやりたいと思った。葉子と二人で相談して行かせたんだが、今考えると、どれもこれも懐かしい。

長男の正一が歯医者さんになりたいと言ったときも、なんとかお金を工面して学ばせた。正一は県外の進学校でも学ばせたから、親元を離れて随分寂しい思いをさせたかもしれないな。それがよかったかどうかは今でも分からない。分からないが子どもの希望に応えようとしたことは確かだ。

振り返って、幸せな日々も多くあったが、後半生には苦難な日々が多かった。特に海洋博を目当てに建築したホテル業では失敗した。大きな負債を抱えて倒産した。葉子や家族だけでなく、親族にも迷惑をかけた。葉子の妹、弟たちには金の工面で何度も無理を承知で援助してもらった。今でも心苦しいよ。

でもへこたれずに頑張ってきた。辛いときも、なんとか家族を楽にしたい、そういう思いだけが私を支えていた。しかし、思いとは逆の結果がでることも多々あった。その時はなおさら辛かった。でも歯を食いしばって頑張ったんだ。

人生の日々には幸せな時もあれば不幸な時もある。でも、どんな時でも私の傍にいてくれたのは葉子だ。そして子どもたちの笑顔が私の生きる励みになった。みんなには随分と苦労をかけてしまったが、このことが悔やまれる。また、禎治郎親父には、会わせる顔がないようにも思う。でも親父は私をねぎらってくれるような気がする。人に恨まれるようなことをしたわけではない。自らの見通しが甘く、事業に失敗して多くの負債を抱えただけだ。そして最も身近な家族に苦労をかけただけなんだ。他人を貶《おと》めたり騙したりしたことはない。葉子に手を挙げたこともない。あの世があるのなら、真っ先に禎治郎親父の所に駆け寄って謝りたい。不甲斐ない私は、葉子にこそ一番多く苦労をかけてしまったのだ……。

でも、葉子はまだ私の傍らにいる。こんな私を見離さないで私に尽くしてくれる。私の病を心配してくれる。人生が二度あるなら、今度こそ心配をかけずに幸せにしてやりたい。晩年は心配事の連続だった。

私の子どもたちよ、みんなには、迷惑をかけたくないと思うが、私の人生が、少しでも役に立てばと思い、時々やって来て、私の健康を気遣ってくれる俊樹に、私の人生を語ることを思い立ったのだ。

私の子どもたちよ、孫たちよ。私にもかけがえのない人生があったのだ。このことを伝えたかったのだ。今は、すべてに感謝したい。私は生ききった。そう思って死を迎えたい。

しかし……、やはり悔いの残る人生でもあった。だからみんなには、悔いが残らないようにそれぞれの人生をしっかりと歩んで欲しい。こんなによぼよぼになっても、気になることは一つ、家族のことだけだよ。

葉子が先か私が先か、どっちが先に向こうに逝くかは分からない。葉子も私も年を取った。私が先に逝ったら葉子を守って欲しい。私の子どもたちよ。兄弟妹三人で、仲良く助け合って暮らして欲しい。幸せな日々を送って欲しい。何だか遺言みたいな伝言になったが、このことだけを祈っている。私に、今できることは祈ること、願うことだけだから。

二〇一九年八月九日

正男

葉子は、弟の俊樹から夫の語ったこの手記を手渡されたとき、思わず込み上げてくるものがあった。自分こそがいい妻であり得たかと、反省することも多かった。自分には見えていると思っていた夫の心や生い立ちは、肝心なところは雲に隠れていたのだ。人にはだれにも見えない部分があり、肝心なところは自らを支える秘密の砦として人の一生を支えているのかもしれない。

残された日々を余生ではなく、新たな日々として過ごすことの希望を、葉子は新芽が浴びる日射しのように眩しく感じていた。

8

沖縄県の日本復帰は一九七二（昭和四十七）年だ。五月十五日に日本政府主催の復帰記念式典が東京会場（日本武道館）と那覇会場（那覇市民会館）で開催された。再び日本国の一県としての新生沖縄県が誕生したのである。しかし、同日に那覇会場に隣接する与儀公園では日本復帰に反対する多くの県民が結集した抗議集会が開催されていた。県民の多くが喜びと悔しさの相反する感情に苛まれたままの復帰であった。

この矛盾した感情はだれもが認めるところだった。それは県民の多くが沖縄の悲惨な地上戦を体験し二度と戦争が繰り返されないようにとの思いから、戦争につながる米軍基地が撤去された復帰を望んだからだ。それが叶わない復帰だった。また多くの基地被害と呼ばれる事件事故が、米軍基地在るがゆえに頻繁に起こっていたからである。

当時の初代知事屋良朝苗が述べた記念式典でのあいさつは、この苦悩が明確に反映されたものであった。知事は次のように述べた。

沖縄百万県民の長年にわたる祖国復帰の願望が遂に実現し、本日ここに内閣主催による沖縄復帰記念式典が挙行されるにあたり、沖縄県民を代表してごあいさつ申し上げることができますことを生涯の光栄に思います。

私は、いま、沖縄がこれまで歩んできた歴史の一齣一齣をひもとき、殊に終戦以来復帰をひたすらに願い、これが必ず実現することを信じ、そしてそのことを大前提としてその路線に沿う基礎布石、基盤づくりに専念してきた者として県民とともにいい知れぬ感激とひとしおの感慨を覚えるものであります。

私は、復帰への鉄石の厚い壁を乗り越え、けわしい山をよじ登り、茨の障害をふみ分けて遂に復帰に辿りついてここに至った県民の終始変わらぬ熱願、主張、運動、そこから引き出された全国民の世論の盛り上がり、これにこたえた佐藤総理大臣をはじめ関係ご当局のご熱意とご努力、さらには米国政府のご理解などを顧みて深く敬意を表し、心から感謝を申し上げるものであります。

それと同時に、きょうの日を迎えるにあたり、たとえ国土防衛のためとはいえ、さる大戦で尊い生命を散らした多くの戦没者の方々のことに思いを馳せるとき、ただただ心が痛むばかりであります。

ここに、謹んで沖縄の祖国復帰が実現いたしましたことをみ霊にご報告申しあげますとともに、私ども沖縄県民は、皆さまのご意志を決して無にすることなく、これを沖縄県の再建に生かし、そして、世界の恒久平和の達成に一段と努力することを誓うものであります。

さて、沖縄の復帰の日は、疑いもなくここに到来しました。しかし、沖縄県民のこれまでの要望と心情に照らして復帰の内容をみますと、必ずしも私どもの切なる願望が入れられたとはいえないことも事実であります。そこには、米軍基地の態様の問題をはじめ、内蔵するいろいろな問題があり、これらを持ち込んで復帰したわけであります。したがって、私どもにとって、これからもなお厳しさは続き、新しい困難に直面するかもしれません。

しかし、沖縄県民にとって、復帰は強い願望であり、正しい要求でありました。また、復帰とは、沖縄県民にとってみずからの運命を開拓し、歴史を創造する世紀の大事業でもあります。

その意味におきまして、私ども自体が先ず自主主体性を堅持してこれらの問題の解決に対処し、一方においては、沖縄がその歴史上、常に手段として利用されてきたことを排除して県民福祉の確立を至上の目的とし、平和で、いまより豊かでより安定した、希望のもてる新しい県づくりに全力をあげる決意であります。（以下略）

葉子にもまた、日本復帰を素直に喜べない葉子の事情があった。その一つは大学生になった弟俊樹の学生運動への傾倒があった。俊樹もまた、反復帰の抗議集会の隊列の中にいたのである。

俊樹の姿に、葉子は学生時代のころに出会った山田隆の姿を思い出したが、二人の姿勢は真逆であった。隆は現状を変えるために日本復帰を望んだが、俊樹は現状を変えるためにこそ基地を抱えたままの日本復帰に異議を唱えていた。県民の基本的な人権を守るための反米と祖国復帰の願望、国家の体制に組み込まれて防衛の島と化される反日の闘いで、二人の向き合う相手は違っていた。隆は卒業後本土へ渡って以来、音信は途絶えていたが、強く望んだ日本復帰を、今どこでどのような感慨で迎えているのだろうか。

そして、もう一つの懸念は、葉子の嫁ぎ先が基地の街コザ市であったことだ。夫は基地従業員を終えていたが、電気店の他に、基地の兵士たちが遊興の場所にしているAサインバーにジュークボックスを貸し出して利益を得る商売を行っていた。むしろここから得る利益のほうが電気店からの収入よりも大きかった。貸し出しているジュークボックスは四十数台にもなっていた。夫の商売は、基地の兵士の懐具合にも左右され、基地に寄りかかった商売でもあったのだ。基地の街の復帰運動は、生活の基盤が基地に依存している人々に取ってはなお、複雑な様相を孕んでいたのである。

ところで、俊樹のことでは他にも不安があった。復帰前の一九七一年十一月十日、日本政府の沖縄返還協定に反対するため全沖縄軍労働組合、日本官公庁労働組合協議会、教職員組合など十四万六、五〇〇人余の労働者が、返還協定批准阻止を訴え沖縄全土でゼネストを実施したのだ。当日の沖縄は全島で麻痺状態となった。デモ隊が安謝川を渡り、勢理客交差点に差し掛かったとき、警備の機動隊と衝突。デモ参加者や野次馬など数百人が居合わせた怒号と混乱の中で、火炎瓶が投擲され、機動隊員が火達磨となって殉職したのである。このデモ隊に俊樹も加わっていた。そして殉職した機動隊員は親族の一人であったのだ。

葉子の不安は父禎治郎の不安でもあった。禎治郎は新聞の記事を読んで俊樹が学ぶ大学の近くの間借り先をすぐに訪ねたが俊樹は不在であった。この事件の後、俊樹は二週間ほど行方をくらました。そして葉子の元へ現れたときは、頬の肉がげっそりと削がれて痩せこけていた。実家にも間借り先にも戻っていないという。黙って葉子の作った食事を食べ、黙って寝続けた。

俊樹は大学を卒業後も定職に就こうとはしなかった。このことも葉子や禎治郎を悩ませた。卒業後も学生のころの間借り先から離れずに、日雇い労務の仕事を探しては上下水管を埋める溝掘りや道路工事、建築現場での資材運びなどを行っていた。定職に就いたのは卒業してから一年余が経過していた。このことには禎治郎や久江がもっとも安堵したはずだ。葉子は俊樹がひそかに遺書を書いていたことを知っていた。

復帰から三年後、日本復帰記念事業の一大イベントである「沖縄国際海洋博覧会」が開催された。一九七五年のことである。沖縄県国頭郡本部町《もとぶ》で一九七五（昭和五十）年七月二十日から一九七六（昭和五十一）年一月十八日までの一八三日間に及ぶ国際博覧会だった。しかし、このイベントの開催によって菓子の日々は大きく変わっていくのである。

国際海洋博覧会は、「海、その望ましい未来」を統一テーマとして日本を含む三十六か国と三つの国際機関が参加した。特別博としては当時史上最大規模となった。期間中は県内の至る所に「めんそーれ沖縄」と書かれた歓迎の横断幕が揚げられていた。

海洋博覧会開催によって、沖縄県の列島改造とも言うべき開発が劇的に進んでいった。沖縄自動車道の整備や、国道県道の拡張造成工事などが開催期間に向けて急ピッチで進められたのである。その他、訪問客を目当てにしてホテル業界も受け入れ体制を拡張整備した。大手の企業では那覇や現地に巨大なホテルを新築、増築した。ホテル日航那覇グランドキャッスル、沖縄ハーバービューホテルなどの大型ホテルなどの観光施設はすべてこれにあわせて増改築された。

しかし、四五〇万人の目標に対し、最終的な入場者数は約三四九万人にとどまった。このことは、海洋博をあてこんでさまざまな商売を目論んだ地元の経済界を落胆させ、民宿経営者などからは「起爆剤ではなく自爆剤だ」とまで不満が出る結果となった。

会場内でグッズ類が投売りに近い値段で安売りされる光景は、ドキュメンタリー映像にも残り、後年テレビで放映された。また、海洋博に合わせて行なわれた開発は、陸地からの泥土の海への流出を招きサンゴ礁に被害を与えるという海洋汚染も引き起こした。

さらに博覧会開会式に出席するために沖縄県を訪問した当時の皇太子明仁親王と美智子妃が「ひめゆりの塔」を訪問した際、過激派から火炎瓶を投擲されるという事件までが起こったのである。

葉子の夫である正男もこの海洋博覧会開催を契機に利益を手に入れようとした一人だった。正男は電気店やジュークボックス賃貸の営業の傍ら小さなホテルを経営していた。それらの事業の収益を元手にして大型ホテルの建築を目論んだのである。観光客や海洋博でやって来る建築業者などの長期滞在をも目当てにしたものだった。それが見事に裏目に出て失敗した。多額の負債だけが手元に残ったのだ。

正男だけでなく、県内の多くの事業家が新たなホテル建築等で倒産の憂き目に遭っていた。それればかりか県内の多くの土地も本土資本に買い占められ、経済界は海洋博ショックと称された大打撃を受けたのである。海洋博開催時には観光客は一時的に増加したが、長くは続かなかった。海洋博のために建設された宿泊施設などが経営不振に陥り、倒産が相次いだのだ。葉子の夫、正男のホテルもその一つだった。

葉子の生活も一変した。さらに不幸時には新たな不幸事が重なるもので、父の禎治郎が病に冒されていることが分かり、入退院を繰り返し闘病生活を余儀なくされていた。当時不治の病とされた癌であった。父の闘病生活と自らの苦しい生活が重なったのである。

禎治郎の病は一刻を争うほどに重篤に陥っていた。弟の俊樹から姉弟皆を集めての父の病状の説明があり、看護の輪番表を作るので協力して欲しいとの相談があった。

葉子は病に陥った父に、倒産という事態が重なり心配をかけている自らの不甲斐なさと申し訳なさに消え入りたいほどの思いであった。父の面前に立つことにためらいもあったが、俊樹に励まされ、ためらいを振り切った。

父の面前に立つと、決意が遅かったことを悔やんだ。病と闘っている父や母の姿に、忙しさや不甲斐なさを理由にためらっていた自分を叱責した。涙がこぼれそうになった。長年の父や母からの愛情を思い浮かべては、押し寄せてくる悲しみや不安を打ち消した。看護に必死になった。自らを奮い立たせた。命は失せたら帰ってこないのだ。父の前に立ち、母を抱いて励まし、自らをも鼓舞した。

俊樹は、結婚して父と同じ教職に就いていた。死への誘惑に駆られて皆を心配させた俊樹の姿は、ようやく後景に退きつつあった。葉子の本棚から詩集や小説などを抜き取っていた俊樹は父の看護に懸命になっていた。

俊樹が就職して間もないころ、自らが編纂した第一詩文集『道化と共犯』が出版された。私家版であったが、いまだ社会への憎悪や生きることへの嫌悪が、時には激しく、時には戸惑いながらもつぶやかれていた。しかし、父の病を前にして、人間を憎んでいた俊樹の姿はなく、父の命を守るために兄や姉の私たちを鼓舞し、両親を励ます必死の姿があるだけだった。

だが、家族、兄弟、皆の必死の願いが天に届くことはなかった。努力が報われることもなく、寿命が定まっていたかのように父禎治郎は、入退院を繰り返しながら一九七八（昭和五十三）年元旦の夜明けに死亡した。六十三歳であった。

父の遺体は死が訪れると、目前であっという間に清められた。清められたというよりも腐臭を防ぐために、耳、鼻、口など、肉体が外部に向かって開いている部分のすべてに脱脂綿が詰められた。

私たちは奇妙な宙ぶらりんの感覚のままに看護師たちの素早い手際を眺めていた。まもなく遺体は地階へ移動させられた。父の遺体を運び出す乗用車は従兄たちが手はずを整えてくれていた。その乗用車へ父を乗せ病院を後にした。ついに父は、元気な姿で病院を退院することができなかったのかと思うと、無念さが沸いてきた。

一九七八年元旦の早朝、小雨の中を父の遺体は浦添市茶山団地の自宅に戻った。私は母の手を引いた。狭い玄関を、弟や従兄弟たち数人で重くなった父の遺体を抱きかかえるように室内に入った。壁に掛けた額縁は裏返され、または白い紙が貼られて、死者の家にふさわしい装いがなされていた。たぶんそれも従兄姉たちが先回りをして手はずを整えてくれたのだろう。母と共に、父を横たえる蒲団を畳の上に敷きながら、死者の家になった室内を見回した。

母と共に死の床を装うと、父を横たえた。伯父伯母たちの指示で強く脚を「く」の字型に曲げて紐で結び膝を立てて寝かした。涙がこぼれそうになるのを必死に堪えた。母が父の愛用していた黒い絣の着物を取り出し、父を抱き起こしながら伯母たちの助けを借りて死に装束にした。私は父の足に白い足袋を履かせた。顔の上には白いハンカチを被せ、傍らには祭壇を設けて香炉を置いた。

新聞へ死亡広告を出す手はずを弟の健治や俊樹と一緒に話し合った。叔父叔母や従姉兄たちの意見をも取り入れ最終的な判断をした。慌ただしく時間が過ぎていく。弟や妹たちと共に、私たち家族だけでせねばならないことの仕事の分担を打ち合わせる。

私が長女なのだ、しっかりせねばと、悲しみで崩れ落ちそうになる自分を何度も叱責した。父との思い出、そして悲しみを堪えている母との思い出も、蛇口を閉め忘れたシャワーのように私の脳裏からあふれ出る。

やがて弔問客が帰り、静かになりだしたころ、これまで父の遺体の傍らでかしこまって座り続けていた一番上の伯父の禎吉が遺体の傍らに横になり、父を抱きしめるように身体を擦《す》り寄せた。そして、何事かをつぶやきながら父の身体を撫で、いつまでもそこを動かなかった。禎吉は私たち家族と共にパラオでの日々を過ごした伯父だ。老いた伯父にも特別の思いがあるのだろう。父の四人の兄弟の中でも一番下の父と、一番上の伯父は特に仲が良かった。終戦直後、薄給に苦しんだ父が「教師を辞めたい」「軍作業に出たい」と漏らしたのを叱りつけたという逸話も聞いたことがある。

伯父は娘たち、つまり私の従姉たちが「もう遅いから帰ろう」と促すのを頑固に撥ねのけていた。いつまでも父の遺体に寄り添い、ぼそぼそと語り続け、父の身体を擦《さす》り続けていた。パラオの日々を思い出しているのだろうか。戦後の苦難な日々を思い出しているのだろうか。

「今晩は、ワンウットグワー(私の弟)と共に過ごす! 先に帰れ」

伯父は、従姉たちにそう言って大きな身体を動かそうともしない。

私は、目頭が熱くなった。

「伯父さんの気の済むようにさせようよ。そうさせてください」

傍らから弟の俊樹が従姉たちに進言する。私も伯父の気の済むようにさせてもらいたいと言い添えた。従姉たちがうなずき、伯父もうなずきながら、一段と父の傍らに身体を寄せて抱きしめるように身体を撫でている。

二日深夜の〇時を過ぎた。いつの間にか伯父も寝入っている。父の死からまる一日が過ぎたのだ。柱時計が止まったままで動いていない。柱時計は、父が戦後間もないころ、高等学校での教え子たちからプレゼントされたものだ。ゼンマイ仕掛けの古い時計だが、父は頑固にその柱時計を愛用していた。父にはこの柱時計に込められた様々な思いがあったのだろうが、もう尋ねることはできない。

父の顔から白いハンカチがずり落ちそうになっている。それを直すために父の枕辺に座り、ハンカチを取り除き父の顔を見る。父の顔はこの数時間の間にすっかり変わってしまった。青白くなり、硬くこわばり、げっそりと頬の肉が削げ落ちて死者の顔になった。病院で触れた父の顔とは全く違う。鼻に詰められた脱脂綿が白く光っている。

父はこの数時間で本当に死んでしまった。子どものころ、手を引いて砂浜を歩いてくれた父の姿が想いだされる。優しかった父の記憶が蘇《よみがえ》ってくる。パラオでマングローブの水道から出征していった父。百日草の花を植え、父の帰還を待った日々。スポーツマンだった父。高校に勤めていたころはテニス部の顧問をして全県制覇を成し遂げた父。村の陸上競技大会には出発の号砲係りが父の定番でその姿が誇らしかった。高校時代にテニス部に入部した私のテニスの相手をしてくれた父。大学のころには政治の季節に取り込まれた私の不作法を黙って見守ってくれた父。私はもう父の子どもには戻れない。

俊樹が私の傍らににじり寄ってきて、黙って父の頬に触れていたかと思うと、どっと涙をあふれさせた。肩を上下させて泣いている。堪《こら》えようとしてもどうしようもないのだろう。顔中が涙でびしょびしょになった。私も俊樹の手を握り、声をあげずに思い切り泣いた。

父の死を悔やんだのはもちろん家族だけではなかった。禎吉伯父を初め、親族や教え子たちも告別式には父との別れを惜しんで焼香に来てくれた。病室にも、多くの友人知人たちが激励にやって来てくれた。父の人柄を今さらのように感じさせられ、誇らしくも思った。

父は、母や私たちに限りない愛情を注いでくれたように思う。父と母が手を携えて病と闘っている姿を見ると、父と母の歩んできた人生が、葉子にもかけがえのない人生の縮図のように思い浮かんでくる。

葉子にとって、病室での父と母の忘れられない光景がある。父が三度目の入院をし、もう再び退院することができずに死を迎える二週間ほど前のことだ。土曜日の午後だったと思う。葉子はコザ市からバスに揺られながら一時間余で父の入院している病室へ辿り着いた。葉子の看護当番の日だ。しかし、葉子よりも先に弟の俊樹がやって来ていて病室の前で立ち竦んでいた。

葉子は俊樹に目で促されて病室を覗いた。葉子も俊樹と同じように病室の入口で立ち竦んだ。父と母が病室のベッドに座り、肩を寄せ合って二人して静かに、「ふるさと」の歌を口ずさんでいる光景を目にしたからだ。

葉子は胸が熱くなった。俊樹もそう思ったのだろう。父と母は、必死に迫り来る死の不安に耐えているようにも思われた。ふるさとをはじめ、二人が過ごしてきた日々の記憶を手繰り寄せ、悲しみを押し鎮め、病と闘っているようにも思われたのだ。

兎追いしかの山　小鮒釣りしかの川
夢は今もめぐりて　忘れがたきふるさと

いかにいます父母　つつがなしや友垣
雨に風につけても　思いいずるふるさと

父と母は、人が羨むほどにいつでも仲が良かった。しかし、父と母にとって、故郷を離れ、転々と勤務地を替える渡り鳥のような生活はどのようなものであったのだろうか。

父は故郷の字誌に「ふるさとの幼いころの思い出」と題して次のような一文を寄せている。


「ふるさとの山に向かいて言うことなし。ふるさとの山はありがたきかな」

と明治の詩人石川啄木は故郷をこよなく愛し、数々の詩歌を後世に残している。

私は大正三年に大宜味村大兼久で生まれ、幾多の移り変わりを経て六十年目の還暦を迎えた。メンバーの松並木、美しい砂浜、クノイの山から昇る美しい朝日の光景は深く脳裏に刻まれている。

我々大兼久の人々の幼いころを育んだこのふるさとは、永劫に忘れられない、懐かしいふるさとである。覚めて故郷の山や川を思い、寝てはありし日の父母と懐かしい幼な友達を夢見る。私はアルコールが入ると、常に郷愁を感じ、いつの間にかふるさとの歌を口ずさむことがしばしばである。(中略)

私は大宜味尋常高等小学校を昭和四年に卒業した。当時の大兼久は半農半漁と言っても大部分は漁業であった。そのために小学校三、四年生のころから、草刈り、薪取りと家族労働の一端を担っていた。(中略)

(仲間たちは)みんな元気よく野山を駆け回り、擦り傷や切り傷もよくつけたが、案外平気で唾をつけたり、よもぎの葉やサツマイモの葉をもんで汁を付けたりして治していた。

(中略)

クノイや中山の曲がりくねった坂道をオーダ(モッコ)で堆肥を担ぎ、あえぎあえぎ登ったこと、夏休みの早朝、タンヤマ(木炭を焼く所)に薪を取りに行き、午前中の涼しい時に帰宅したこと、冬休みには旧正月用のナンクラ(立ち木を切って枯らしたもの)を集めて宅地の隅に積み重ねてそれを自慢したこと、明け方に山羊の草を刈り集めたこと、これらのとは、すべて勤労であり、働く喜びと根性を培ったと思う。

一方、学習面では、自ら石油缶入れの外箱を工夫して机を作り、会所（学習所）に朝晩通ったこと、欠席調べが厳重に行われ、欠席の多い者はよく先輩たちに制裁されたこと、また暗いランプの下でよく勉強ができたなあと懐かしく思いだす。（中略）

食べ物は質素なものだった。昼食は、休み時間に学校から帰って食べた。遠足は三月十日の陸軍記念日と五月二十七日の海軍記念日によく行われた。遠足のとき、母が卵焼きや油味噌を作ってくれたが大変なご馳走で喜んだ。お菓子などは、遠足か何かの行事の時に買うぐらいのものだった。しかし、毎月の折り目節目にはご飯があり、ソーメンの御汁と魚、豆腐、時には肉類のおかずがあり、それが本当に待ち遠しく、楽しみであった。旧正月、一斉に行われた暁の屠殺風景、正月の若水汲み、塩漬けの豚肉、お盆のご馳走などは、母が一所懸命作ってくれた。今も亡き母の心と味が忘れられない懐かしい思い出である。

あれを思い、これを思うごとにふるさとは懐かしいものである。血につながるふるさと。心につながるふるさと。言葉につながるふるさと。いつまでも愛したいものである。

父はこの故郷へ、退職後に帰って母と共にのんびりと過ごしたい、ゆったりと余生を送りたいと語っていたことがある。母もまた故郷は父と同じなのだ。その時に、どれほど切実に父がこのことを考えていたかは分からない。ふと漏らした言葉かもしれない。

実際、父も母も故郷へ帰ろうとはしなかったし、父は父で、退職後もT県の県外駐在員というアルバイトのような仕事を始めていた。今考えると働かねばならない幾つかの事情があったようにも思う。しかし、父が瞬間であれ母と共に故郷で過ごす静かな生活を夢見たことは確かなことであったように思う。そのことを果たすこともできずに、父は死んだのだ。

父の告別式の日、弔問客の一人が葉子の耳元で囁いた言葉を思い出す。思いがけない言葉が幾つかあったが、どの言葉も父を讃えるものであった。

「禎治郎が家族みんなで陸の孤島楚洲へ赴任したのには驚いたよ、ぼくは止めたのだが、禎治郎の決意は揺るがなかった」

「あんたのお父さんは偉かったよ。保守地盤の金武で、米軍への抗議のための県民集会のために学校のグランドを貸したのだからな」

父は金武中学校長職で退職した。在職中に、米軍キャンプハンセンで働いていた栄野川盛勇さんが、米海兵隊員ジェームズ・ベンジャミンに銃で射殺される事件が起こった。日本復帰直後の一九七二年九月のことだ。ベンジャミンはベトナム帰還兵であったが沖縄人の命を軽視し、虫けらのように殺害する米兵への行為に県民の怒りが爆発した。当時、自衛隊の沖縄配備も着々と進められていて「自衛隊強行配備反対、米軍による虐殺事件抗議県民総決起大会」が金武中学校グラウンドで開催されたのである。

戦前の父の教え子たちが、金武町の要職についていたこともあったのだろうが、父の教師としての思いが凝縮された決断でもあったように思う。俊樹からもこのことを告げられたことがあったが、葉子も父の英断を誇りに思った。

父の死は、葉子だけでなく、家族のみんなにも受け入れがたかった。しかし、それが現実であることが徐々に分かっていった。

葉子には夫の事業の失敗も受け入れがたかった。それも現実だった。葉子は負けたくなかった。夫の負債を返却することに自分ができる方法を模索した。いや正男と葉子は夫婦であり夫の負債は妻の負債でもあったのだ。それが父の教えだった。小さな食堂を経営し、同時に保険会社の経営資格を取得し、受付業務を開始した。どんな時でも希望を失うな。一枚の葉から大きな樹が育つのだ。それが父の教えであった。

父の死から数年後、弟の俊樹が地元の自治体が主催する全国公募の文学賞を受賞した。このことが葉子の励みにもなった。俊樹の依頼でもあったが、葉子の経営する小さな食堂で俊樹の友人たちを集めての祝賀会を催した。嬉しかった。俊樹は、失意の中にある葉子の力になりたいと、いつも気にかけてくれていた。

受賞した作品は、かつての詩作品とは全く趣が違っていた。社会や人間に対する憎悪は影を潜め、かつてすごした楚洲村での幼少期を描きながら家族の絆の大切さを描いた作品だった。生きることへの不安をぬぐえなかった弟の作品は、人間への憎悪から一八〇度転換し、命への愛おしさを歌っていた。弟は生きる処世の術と姿勢を父の死から学んでいたのだ。

しかし、葉子は容易に立ち直れなかった。小さな食堂で得る収益や保険会社の仕事だけでは負債額はなかなか返済できなかった。夫の正男との間にも小さなさざ波が何度も立った。愚痴だけはこぼすまいと歯を食いしばって頑張った。妹や弟たちにお金を工面してもらうこともあった。正男の苦悩に思いをやることもあったが、二人の仲に破綻がいつやって来てもおかしくない日々が続いていた。

9

葉子が、母久江の異変に気づいたのは、父禎治郎の死から十年ほどが過ぎていた。父の死は怒濤のようにやって来たが、母久江の病は徐々にやって来た。父の死を迎えるのは家族のだれもが初めてのことであったが、認知症を患った母と対峙するのも皆が初めてのことであった。家族の戸惑いは大きく、また悲しみも大きかった。

久江の症状は、最初のころは、記憶がまだらになっただけのように思われたが、やがて昼夜を問わず徘徊するようになり、警察に保護されるようになった。さらに時間の感覚と場所の認識ができなくなり、粗相をするようになった。それは私たち六人の子ども家族のみんなが戸惑った。大きなショックだった。

久江は、禎治郎が亡くなった後、しばらくは一人暮らしが続いていた。しかし、老いてゆく母をそのままにしておくことはできなかった。最初は健治家族と一緒に暮らしていたが、徐々に健治家族だけでは手に負えなくなった。俊樹の家族が頻繁に手伝っていたが共働きの家族には無理があった。その次に私の家族が面倒をみたが、どの家でも同じように家族を困らせた。

母久江の人生は、禎治郎と結婚して以来、外に出て働くこともなく、一家の主婦として夫を出迎え、子どもたちを出迎えたのだ。長女の葉子にとっても、弟妹たちにとっても、久江はいつでもどこでも世界一の温かい母親だった。それが一変した。

久江は一九一六（大正五）年八月三日の生まれだ。夫を亡くし古希を越えてからは健治の家族と一緒に住んでいたが、五、六年ほど前からぼけがまだらに現われて、私たちも首をかしげるほどの不可解な言動をするようになった。

葉子は、あるいはアルツハイマー病が原因の認知症ではないかと疑った。末弟の義父を同じ病で喪ったばかりだったからだ。アルツハイマー病がどういうものか、おおよその見当はついていた。

アルツハイマー病は脳が萎縮する病気で、その原因も治療法も現代の医学では解明されていない。現代では癌と同じほどに難病の一つで、診断を下されて入院してから、統計学上の数字では二年ほどで末期的な症状が現われ死が訪れるという。

ここ数年の久江の振る舞いはその病を患っていることを充分に窺わせるものであった。久江の記憶力は著しく減退し、新しい情報はほとんどインプットされなかった。子どもたちは、いよいよ覚悟をせねばならない時が近づいているのかと不安に陥った。

葉子もアルツハイマー病ではないかと疑ったが、同時にだれでもが避けることのできない老人性のぼけだろうとも思っていた。あるいは、そのように思いたかったのかもしれない。それは、だれでもが辿る人生の道のりだし、私たちもまたそのようにして老いるのだと、寂しくもあるが、楽観的に眺めてもいた。

しかし、余りにもその症状がひどいので、知人の紹介を得て精神科の医師に診断を仰いだ。医師は、私たちの予想どおり母の記憶力の著しい減退を指摘したが、心配するようなアルツハイマー病ではなく、おそらく頭部に水頭症らしきものが認められるので、このために脳内の血管が圧迫され、その影響でぼけが起こっている可能性が高いとして、県立の総合病院で精密検査を受けるようにと勧めてくれた。

水頭症とは、脳室に髄液が過剰に溜まって脳を圧迫し、さまざまな症状を引き起こす病気だという。高齢になってから発症することが多く原因が特定できない病で、主に特徴的な三つの症状が現れるという。うまく歩けない「歩行障害」、ぼーっとして口数が少なくなる「認知症」、そして排尿に失敗する「尿失禁」の三症状だという。いずれの症状も母の症状と重なるように思われた。

数週間後、医師の勧めに従って久江を県立の総合病院へ連れていき精密検査を受けさせた。予想どおり水頭症による認知症だと診断された。現代の医学では、水頭症の治療方法は髄液シャント術という手術治療のみで、脳室にチューブを入れて、そのチューブを皮膚の下を通しておなかの中に入れ、余分な脳髄液を吸収させるという。また、投薬で水頭症を治すことはできないが、できるだけ家族が身近にいて話し相手になってやることが、症状には最もよい治療方法の一つだとも言われた。

子どもたち皆が迷ったが、後者を選択した。古希を越えた高齢の母の体力を考えると、リスクのある手術を選択することは、ためらわれた。アルツハイマー病が原因でないことにはほっと胸を撫で下ろしたものの、水頭症が原因の認知症の母と今後とも生活することを余儀なくされることは理解できた。いずれにしろ、母の日々の言動は、脳の機能が低下していることを示すものであることは確かなことだった。葉子たちは認知症の母と共に生きることを選択したのだ。

認知症と診断された以降、母の症状はいよいよ剥き出しになっていった。母と暮らしている健治は経営する薬局にも行かねばならず、四六時中母と一緒にいるわけにもいかないので一人にして出掛けることもあったが、やがてそれが難しくなった。目を離すと、家を飛び出しタクシーに乗ってどこかへ出掛けるのだ。出掛けると帰ってくることができなくなった。

俊樹は二度ほど、深夜の交番所へ保護された母を迎えに行ったことがあるという。一度目は、人気のない午前二時の普天間市場で保護された。一人でうろうろしている所を通行人からの連絡で警察が保護し、警察から末弟の卓郎の家に電話があり、卓郎と俊樹が母を迎えに行った。母は、警察に保護されているという事態を理解できていないようであった。周りの警察官に、にこにこと話しかけて二人の弟を待っていた。

母の徘徊事件はそれだけにとどまらず、一人で本島最北端の地にある辺土名《へんとな》のバス停留所前を、ふらふらと歩いているのを保護された。また、金武町と反対側の本島西海岸の恩納村仲泊の路上を、足を引きずりながら歩いているのを保護されたこともある。なぜ、そのような場所へ出掛けるのかは、本人に問いただしても分からない。なぜだか、本人も忘れてしまっている。ただ、私たちがあれやこれやと詮索するだけだ。

それよりも何よりも、見知らぬ人へ、にこにこと親しげに声をかけては戸惑らせ、親しい人にはチンプンカンプンな受け答えをしては驚かせている。その母の後から、私たちのだれかが付いてまわり、その無礼を詫びなければならなかった。

健治の負担を軽くするといって週末ごとに俊樹が母を引き取った。しかし、俊樹が面倒を見るころには、久江の病はかなり進行していた。俊樹によれば　俊樹の運転する車をタクシーと間違え、メーターを覗き込む仕草をして問いかけたという。

「運転手さん、おいくらですか?」と。

俊樹は涙をこぼせなかった。さらに母の久江は俊樹の住まいを忘れた。

「ここはだれの家なの?　あんたはここに住んでいるの?」

久江は、次第にわが子の名前を忘れ、顔も忘れていった。そして、時々は思い出したように、台所の洗剤をジュースと間違えて俊樹に差し出した。

「美味しいジュースを見つけたよ。一緒に飲もうね」と。

病の中でも、親子の関係だけは時には蘇るのだろうか。そう思うと切なかった。同時に、深夜に起き出して、いつまでも足踏みをしながら障子の縁を指でなぞり続ける姿は痛々しかった。

母久江のそんな姿を見て、だれもが心の中で悲鳴をあげ涙を堪えた。

健治は、母の症状の不安から、日中はデイサービスのあるH病院へ送迎バスを利用して通院させていたのだが、それも困難になった。健治は私たちを呼んで母の面倒を見ることはもう限界であることを告げた。それは、あるいは私たちから言い出すべきことであったかもしれなかった。

皆、黙って聞いた。葉子は意を決して弟たちへ告げた。

「母さんは、すっかりぼけたわけではないの。まだ私たちを忘れてはいないわ。私たちがだれだか、全く分からなくなるまで、今度は私が頑張ってみるわ。お願い、そうさせてちょうだい。父さんが、そうしなさいと言っているみたいなの……」

葉子の言葉は、しまいには涙声になった。葉子の言葉に、だれも異存があるわけではなかった。できればそれが一番いい方法だ。皆は不安を抱えながら葉子の言葉を受け入れた。

しかし、葉子が精一杯の決意で母との生活を始めても、当然のことながらぼけの進行は止むことはなかった。葉子の都合の悪い時は、主に俊樹に電話して、俊樹に面倒を見てもらった。俊樹も母の症状に寂しさを隠せなかった。新しく建て替えた俊樹の家は、何度連れてきても俊樹の家と理解できなかった。

「ここは、どこなの？　あんたもここで寝るの？」

母は、俊樹の家の門に着く度に俊樹に尋ねた。

「そうだよ、ここで一緒に寝るんだよ」

俊樹がそう答えると、母は奇妙な感心をした。そして、家に入ると、何度説明しても出口やトイレを探すことができなかった。

こんな状態で半年が過ぎた。小さな食堂を営んでいる葉子には、やはり限界だった。様々な事情も重なって、仕方なく母を手放さなければならなくなった。その仕方のない事情をみんなが理解していた。母を、やはり老人の介護施設へ預けることを再びみんなで決意したのだった。

母は、どんな時も、どんな日々も常に父と共に生きた。五年ごとに代わる父の赴任地で、父と母は、その土地の人々の生活に溶け込もうとして生活を一変させた。

父の赴任地は、そのほとんどが田舎の学校であったので、母は、土地の人々と同じように畑を耕し芋を植え、豚を飼い、鶏を飼った。南洋の地で一人の息子を亡くし、また楚洲の村でも、危うくもう一人の息子をハブに咬まれて亡くするところであった。それでも父と母は、手を携えて生きてきたのだ。

母久江は夫禎治郎を亡くした直後の十年間は、禎治郎の積み上げた栄誉を守り、禎治郎の業績を穢されないようにと必死に生きてきたように思う。過重な緊張と不安に苛まれていたはずである。

久江は家庭の外の世界を知らなかった。銀行での預金の出し入れや電気料や上下水道料金の振込の方法さえ知らなかったのだ。

晩年の十年間は緊張の糸がぷつんと切れたように心身が弛緩していった。禎治郎を失った後、様々な試練が久江を襲っていたはずだ。痴呆症にならなければ夫を失った後の辛さを生きることはできなかったのかもしれない。久江の人生は、夫禎治郎に寄り添って生きた人生であった。母久江は、八十七歳で愛する夫の元へ旅立った。禎治郎の死から二十年余が過ぎていた。母の人生は、父を愛し、父に愛されるだけの人生であったのだろうか。子を愛し、子に寄り添うだけの人生であったのだろうか。そんなことを考えると身につまされるような思いが込み上げてきた。しかし、それもまた人生の一つなんだ。不思議なことだが葉子にはそれを肯定する優しさのような感情が芽生えていた。

母のことを思うと葉子にも様々な記憶が蘇る。家族の中では、葉子こそが母と共に最も長く暮らした人生であったのだ。

パラオで禎一を失い魂を抜かれたように呆然としていた母の姿。戦争のさなかに生まれた健治を必死に抱きかかえてだれにも渡さなかった母。パラオから引き揚げて来て、貧しい日々の中で臼《うす》を挽き豆腐を作り、慣れない手付きで田畑を耕していた母。陸の孤島と呼ばれた楚洲村では弟たちへのクリスマスプレゼントを思案し、新聞紙に黒砂糖を包んで笑みを浮かべていた母。子どもたちのためにと、保護者の一人として隣村から全校生徒分のパンの入った木箱を背負った母。幸造がハブに咬まれて生死の境を彷徨っている時、禎治郎の胸を叩いて涙を流していた母。禎治郎と共に闘った病室で、二人で肩を組んで「ふるさと」の歌を歌っていた母……。

二人が過ごしてきた幾山河の人生は唯一無二の軌跡を描き、時には優しく、時には厳しく、時には最も美しい光景として葉子の記憶に浮かび上がってくるのだった。

10

家族みんなでパラオを訪ねてみようと提案したのは弟の俊樹だった。その手配をしたのは幸造だ。航空チケットや宿泊先の予約、現地ガイドの手配など、そのすべてを幸造が引き受けた。久江と六人の兄弟姉妹全員がパラオへ行くことになった。このことを聞きつけて、久江の妹喜代が参加したいと申し出た。みんなに異存はなかった。喜代は戦前の金武で久江家族と一緒に四年間を暮らした間柄であった。葉子たちが久江の認知症のことを告げても頑として信じなかった。辻褄の合わない言動をしたり、嫁に強く当たったりしている話をしても、姉久江の言動を信じなかった。むしろ、私たちを叱りつけた。

「あんたたちは作り話をしている。姉さんがそんな行動をするはずはない」

「姉さんも歳を取っただけだ、ちゃんと世話をしてあげなさいよ」と。

兄弟姉妹のみんなが叔母に一喝されていた。戦前の三高女を優秀な成績で卒業した叔母は、戦後すぐに父の勧めなどもあって教員養成所の文教学校で学び、長く務めた教職を退職したばかりだった。葉子は大学時代、喜代の家でお世話になり下宿生活をした。

実際、子どもたちのみんなが、母は認知症のフリをしているだけではないかと疑うこともあった。正気に戻る日々の時間も多かったのだ。どっちの母が本当の母の姿か、戸惑うことも多かった。それだけに、パラオに行けば青春期の記憶を取り戻し、優しい母に戻るのではないかという根拠のない希望を持っていた。

叔母の喜代は亡き父を慕い、母を愛していた。出発の空港ロビーから母にぴったりと寄り添い、母の手を握り言葉をかけていた。しかし、叔母の目に涙がにじむのにそれほど長くはかからなかった。母は、家族みんなでパラオへ行くことを理解していなかったのである。それればかりではない。盛んに自分へ話しかける叔母を、どこのだれかと認識できなかったのである。上の空で叔母の言葉を聞いていたのだ。

パラオ国際空港へ着いたのは、日が暮れていた。飛行機は着陸後に長いランニングをしたので大きな空港かと思ったが滑走路の端で降ろされた。路上を歩いて空港ビルに入り、旧い家具屋から譲り受けてきたような素朴な机を前にして入国管理官としての対応をする職員の姿を見て、すぐに小さな空港だと理解した。壁には飾り物一つなく、コンクリートの肌が剥き出しで、天井から吊り下げられた古い型の扇風機が音立てて回っていた。

葉子には、幼いころに育ったパラオの思い出の地を巡るだけでなく、一緒に遊んだテークやイチエとの再会の希望もあった。その思いを空港で待ち受けて、ホテルまで案内してくれた現地ガイドのルビーさんに伝えた。ルビーさんは日本語が堪能ではなかったが、英語が達者な二人の弟にその希望をルビーさんに伝えてもらった。

ルビーさんは笑顔を浮かべて協力を約束してくれた。

「テークとイチエ。アイミリーキ村。分かった、探してみるね」

すぐに返事をくれたルビーさんの対応に戸惑ったが、それに気づいたルビーさんが再び笑みを浮かべて説明してくれた。

「アイミリーキ村も、パラオも小さい。大丈夫、探せます」

ルビーさんの言葉に、葉子は感謝を述べ笑みを浮かべた。事前に連絡をして調べてもらえれば良かったかと少し後悔した。沖縄にはパラオ県人会もあり、墓参団も結成されて、戦後になってもパラオとの交流が続いていたのだ。

二日目の夜にルビーさんの案内で杖を突いて会いに来たのはテーク一人のみだった。テークは、父が公学校に務めていたころに官舎の周りの清掃などを行っていたボーイだ。

「テーク、久しぶりだね」

葉子は年老いたとはいえ、面影の残るテークに駆け寄った。テークは首を傾げ少し戸惑っていた。もっと戸惑っていたのは母の久江と妹の峰子だ。

久江は全く顔色を変えなかった。峰子はテークのことを思い出せなかった。葉子だけが明るい笑顔を浮かべた。

「テーク、あんたにはアイミリーキの海にも何度も連れていってもらったよね。公学校の校庭でも遊んだよね」

「妹のイチエはどうしている？　イチエに会いたいな」

葉子がイチエの名前を言うと、やっとテークは笑みを浮かべた。当時の日々を、テークもまた思い出したのだろう。徐々に笑顔を浮かべ、身振り手振りで話してくれた。所々に日本語も交えて話してくれたが、ルビーさんが通訳をしてくれた。

テークは、弟の禎一が庭に放し飼いにしている鶏をよく追いかけていたこと。家の中の畳を剥がして、床下に防空壕を父と一緒に掘った記憶をも思い出していた。

イチエのことを再度尋ねると、少し寂しい顔をして言った。

「イチエは、アメリカ兵と結婚してアメリカに渡った。でも、アメリカ兵に離婚された。今は行方が分からない。どこに住んでいるかも分からない。悲しい」

テークは年老いた顔を曇らせた。色黒い肌には、深いしわが刻まれていた。

葉子は、もうそれ以上のことを聞くのはやめた。万一会えればと思い、持って来たお菓子やTシャツなどのお土産をみんなテークに渡した。テークは杖を支えにしながら感謝のお辞儀を何度も繰り返した。

母久江の認知症は、やはり重かった。最後までテークを思い出せないだけでなく、思い出の地を訪ねても眉一つ動かさなかった。公学校近くの官舎跡地は、ほぼここに家屋が建っていたであろうと思わせるほどに土台の原型が残っていたが、久江は、パラオに来ていることを認識できなかった。

朝一番にルビーさんがマイクロバスで迎えに来たときにも母は同じ反応を示した。

「皆さん、お世話になりました。デイケアの車が迎えに来ました。皆さん、さようなら」

叔母喜代は、母のその言葉に皆の前で涙をふいた。

パラオに滞在中、叔母の喜代は、何度か私たちに告げていた言葉があった。

「姉さんが、だれかが来ているって言っているよ。マイクロバスに乗ったときも、南洋神社で線香を焚いたときも、だれかが傍に来ているって……」

だれもが顔を見合わせた。不思議なことで思い当たることはただ一つ。

「禎一兄さんかな」

「おい、おい」

「まさか、そんなことはないだろう」

「禎一兄さんはここパラオで亡くなったんだよね」

「そう、さっき訪ねた官舎で亡くなった。お坊さんが来て読経をあげてくれたことを覚えている。お骨も持ち帰って先祖のお墓に納骨したよ」

「でも、マブイ（魂）はここに残っていた」

「うーん、どうなんだろうね」

　みんなが不思議な感覚に囚われた。母には私たちに見えないものが見えているのだろうか。記憶をなくしても、子どものことになると思い出せるのか。母親にとって、それほどに子どもは特別な命なのか。

　葉子は、楚洲村での母の姿を思い出した。ハブに咬まれた幸造が頭を肩ほどまでに腫らして死線を彷徨っている晩に、悲鳴を上げるようにして禎治郎の胸を叩いていた久江の姿を思い出していた。怒っている母の姿を見るのは初めてだった。母は怒鳴っていた。

「あんたは、禎一だけでなく、またも私の子どもを死なせるのか。死なせるために、ここに連れてきたのか」

　葉子は、母の涙を見るのは初めてだった。禎一が亡くなったときも母は気丈夫に振る舞っていたように思う。母の怒りの姿や涙の記憶は葉子にはなかった。

　母は、老人施設に入居して八十七歳で亡くなった。

　母の遺体を引き取り、健治の自宅で行った通夜の晩に叔母喜代はいち早く駆けつけてきた。母の枕辺で、自らも老いていく身体を小さく揺すりながら、母から習った歌をそっと口ずさんでいた。

赤田首里殿内《ドゥンチ》に　黄金《クガニ》灯篭《ドゥル》下げてぃ
うりが明かがりば　弥勒御迎《ミルクウンケー》
シーヤープー　シーヤープー
ミイミンメー　ミミンメー

「姉さん、聞こえるかねえ。姉さんが教えてくれた歌だよ」

喜代は、久江に被せた白いハンカチを取って、長く母の頬を両手で擦っていた。

葉子にも聞こえた母の声があった。パラオの官舎跡で、父の遺影を抱いた母と一緒に、皆で香を焚いて合掌したときだ。記憶も取り戻せずに言葉を発しなかった母が小さくつぶやいたのだ。あるいは葉子にだけしか聞こえない母の声だったかもしれない。母には私たちには見えないものが見えていたのだ。

「禎治郎……」

母は夫の名前を小さくつぶやいたのだ。

11

葉子の夫の正男が、再起を期してアパート経営に乗り出したときは不安でいっぱいだった。負債の整理をつけるためだということだったが、今度はその不安を正男に告げた。

「儲けるためではない。家族のためだ。お前や子どもたちを幸せにしたいんだ。お前と結婚するときに禎治郎親父と約束したんだ」

正男の言葉に、葉子の強い気持ちも崩折れていった。今度は海洋博ではなく、辺野古新基地建設の従業員の宿舎を当て込んだものだった。

しかし、葉子の不安は的中した。三年も待たずにアパート経営は破綻した。不幸をもたらす疫病神が夫に取り憑いているのかと思った。夫の心が折れないのがせめてもの救いだった。

そんなとき、思わぬ場所から葉子に救いの手が差し伸べられた。大学時代の友人上里幸恵が、葉子の窮状をどこから聞き知ったのか電話がかかってきたのだ。青春時代の懐かしい思い出に、思わず涙がこぼれそうになった。幸恵は次のように言った。

「私ね、大学を卒業してから東京へ出て沖縄料理店をやっているのよ。沖縄料理店と言っても、つまみに沖縄料理を出すぐらいの小さな居酒屋だけどね。知っていた?」

葉子は知らなかった。

「知らなかったでしょう。だれにも知らせずに沖縄を出てきたからね。出てきたのは復帰の年よ。それでね、ここで結婚もしたけれど、子どもたちも大きくなって独立したし、夫にも先立たれたからね。そろそろ郷里の両親も年老いたから島に戻って面倒を見たいの。親不孝だけしてきたような気がしてね、気が咎めるのよ」

「幸恵の郷里は、伊良部島だったかな」

「そうよ、よく覚えているわね。嬉しいわ」

「それは覚えているよ。春子と三人でよくおしゃべりをしたからね」

「勉強もせずに」

「少しはやったよ」

二人は受話器を握りながら同時に声をあげて笑った。笑ったあとで、葉子はしばらく笑いを忘れていたのではないかと思って、また笑った。学生のころが懐かしく蘇ってきた。

「春子はどうしているかね」

もう一人の友人、比嘉春子の消息を尋ねたくなった。周りからは「三人姉妹」と冷やかされた仲だった。

「あれ、春子のこと知らないの?」

「うん、知らないよ。卒業後、私は長くヤンバルに閉じこもっていたからね」

「そうか……。春子はね、米兵と結婚してアメリカに渡ったよ」

「えっ、そうなの？」

「ヤンキー、ゴーホームって、三人一緒に叫んだのにね。自分も一緒に、ゴーホームしちゃったよ（笑い）。シカゴだって。ミシガン州のシカゴで、冬になるとミシガン湖が氷るんだって。それを見たいから結婚したんだとか、冗談めかして言っていたよ」

「そうなの、元気かしらね」

「それは分からない。私が知っているのはここまで。何度か手紙がきたけれど今は音信不通。消息不明だよ」

「そうなの……、元気で頑張っているといいね」

「そうだね、人生いろいろだね」

「そうだね」

葉子もそうだと思った。パラオでの友人イチエのことも思い出した。人はこの世に生を受けていろいろな人生を歩むのだ。世界の人口は八十億人余、八十億余もの人生があるのだろう。だれとも重ならない唯一無二の人生だ。生きているだけでも尊いのだ。葉子は自分にいい聞かせるように受話器を握りしめた。

「それでね、葉子、葉子にお願いがあるの」

「どんなことかしら、私にできることならなんでもＯＫよ」

「わあ、頼もしいな」

葉子はそう言ったけれど、少し緊張して幸恵の次の言葉を待った。

「葉子は、お料理も上手だったからね。私のお店を葉子に譲りたいの」

「えっ」

葉子には、思わぬ申し出だった。

「もちろん、お金は要らないよ。私ね、せっかく泡盛や沖縄料理が好きな常連客もついたからね、この店に少しばかり愛着があるの。葉子が引き継いでもらえるなら嬉しいなと思って。もちろん返事は早いほうがいいけれど、すぐにでなくてもいいよ。家族と相談して返事をちょうだい。学生のころ、葉子が一度は東京へ出てみたいなあって言ってたこと思い出したの。葉子ならきっとやっていけるような気がする。私が太鼓判を押すわ。考えてみてね。いい返事を待っているよ」

「うん、有り難う、考えてみるね」

葉子は幸恵の申し出に大きく心を揺さぶられた。三人の子どもたちも大きくなった。父も母も既に亡くなった。弟や妹たちには、私が沖縄にいるだけで迷惑をかけているようにも思われた。夫と二人で東京でやり直せないだろうか。今度こそ人生をやり直す絶好のチャンスだと思った。葉子は思いきって夫の正男へ相談した。

「いいことだ。東京へ行きなさい。私は沖縄に残るが、お前は東京へ行って、もう一度頑張りなさい」

「それは駄目です。一人では駄目です。一緒に行きましょう。そうしましょう」

「私にはまだ負債が残っている。それを整理しないうちは、どこにも行けない。私が姿を消せば、逃げたことになる。それはできない」

「だから。一緒に東京で頑張って少しずつ負債を返済していきましょう」

「大丈夫だよ、アパートの買い手も見つかりそうなんだ。アパートが売れたら、それですべて解決だ。それにお前が興した保険会社の運営も軌道に乗って利益が上がっている。私を手助けしてくれる昔の仲間もいるんだ」

「……」

「東京へ行きなさい。あんたの傍であんたを見ているのは辛いんだ。あんたに苦労をかけていることが辛いんだよ。禎治郎親父にも申し訳なくて……。しばらく離れて生活した方がいい。そうしてくれ。あんたを東京へ行かせることが、今の私にできる唯一の親父孝行のような気がするんだ」

正男は、しまいには涙を流さんばかりの思いで葉子に懇願した。

葉子は自己破産の手続きを済ませたばかりだった。しかし、正男は沖縄を離れるわけにはいかないと言う。わずかに残った男のプライドだとも言った。結婚当初の若い夫の姿はなかったが優しさは変わらなかった。夫の言うとおりにすることが、今は夫のためになるような気がした。

しかし、一人で東京へ行くことの不安も大きかった。見知らぬ大都会だ。学生のころに夢見た浮ついた世界ではない。現実のことなのだ。それでも頑張れば、いつの日か、また夫と一緒に暮らせる日々がやって来るかもしれない。このことが小さな希望にもなった。いや、希望にして頑張らなければいけない。そう自分に言い聞かせた。私も「東京へ逃げたと思われても仕方がない」という夫の言葉のとおりになってもいい。今はそうしたいと思った。アパートが売却できれば全ての負債は返済できるという。夫の言葉も信じたいと思った。足元を照らす小さな希望になった。

「分かったわ、しばらくは一人で頑張ってみるね」

「うん、そのほうがいい」

「無理をしないでね」

「お前もな」

短い言葉だった。長く連れ添ってきた夫婦だからだろうか。別れの言葉を多くは語れなかったが、葉子は、胸にともった小さな希望を夫に伝えて、夫の手を握った。

葉子は、東京に着くと寂しさや辛さを振り払うように一所懸命働いた。幸恵が経営していた沖縄料理店は山手線から地下鉄に乗り換えて水道橋駅の近くにあった。「ニライの里」という店名はそのまま引き継いだ。幸恵は「名前を変えてもいいよ」と言ってくれたが、自分にふさわしい名前だと思った。

「ニライ」とは沖縄の言葉で「ニライ・カナイ」と並列してよく使われる。水平線の彼方にあるユートピア、理想郷をさすのだという。沖縄の人々は、どんなに辛くても、いつの日か水平線の彼方から幸せをもたらしてくれるニライ・カナイの神様がやって来ると信じたのだ。

このことを最も望んでいるのは客以上に葉子自身だと思った。いや葉子にとって、幸恵こそがニライ・カナイの化身であるようにも思われた。困難な時にも、いずこからか手を差し伸べる人は必ずいる。古くから沖縄の人々を励ましてきた信仰のような言葉を、葉子は信じたいと思った。

葉子のくじけない心、笑顔を絶やさない明るいもてなしは、新たななじみ客をも作っていった。旧い常連客には、葉子の苦しい状況を幸恵は伝えていたのかもしれない。葉子を激励するとして客足は絶えなかった。

常連客の一人で区の議員であり、アパートも経営している沖縄びいきの客がいた。葉子の窮状を知っていたのか、安くで一部屋を貸してもいいと名乗り出てくれた。葉子は喜んでその申し出を受け入れた。ニライ・カナイの神は水平線の彼方ではなく身近にもいるのだと実感した。身近にいる青い鳥は普通の鳥に姿を変え身を隠しているのだと思った。

下の息子の正昭が葉子を手伝いたいと東京へやって来た。息子は夫の経営する保険会社を手伝っていたが、夫の誠実な人柄も信用を得ていったのか、安定した顧客もつき、従業員を一人雇えるほどになっていた。それを機に東京に出てきたというのだった。実際には、結婚の約束をしていた彼女に別れを告げられたことが原因のように思われた。他にも様々な事情があるように思われたが問いつめなかった、息子の優しさを受け入れることを装って、二人で「ニライの里」を経営することにした。

葉子にもタイミングのよい事情があった。居酒屋「ニライの里」は四人がけのテーブルが四つ、他にカウンターがあったが、席はいつも埋まって結構忙しかった。店の入口に求人広告の張り紙を出して雇い入れた女子学生が、最終学年になり学業が忙しくなるとの事情でやめたいという意向を漏らしていたのだ。それだけに息子の申し出は有り難かった。ゆくゆくは、店を息子に譲ってもいいと思った。

息子は、精一杯沖縄料理の調理方法を学んでくれた。間もなく厨房を任せることができるようにもなった。そんなころだった。

「葉子、久しぶりだな」

突然、やって来た男の客の言葉に葉子は一瞬戸惑った。東京で「久しぶりだな」と出会う男の友達なんかいなかったからだ。

「もうすぐ半世紀ぶりになるかな、葉子と会うのは……」

男は冗談言いながら、笑みを絶やさなかった。

「隆だ!」

「そう、隆だよ」

大学生のころ、葉子が憧れた山田隆だった。隆との仲を幸恵にさんざんに冷やかされたことも思い出した。

「懐かしいわねえ」

「うん、懐かしい」

「よく分かったね、私がここで働いていること……」

「……」

隆が無言でうなずく。

葉子の瞼に涙があふれそうになった。大学生のころ二人一緒に波の上の水上店舗で何度かデートをしたことがある。牧志市場でイカ汁を食べて互いに笑い合ったこともある。青春時代の様々な記憶が蘇ってきた。葉子の最も輝いていた時代かもしれない。同時に逃げるように東京へ来た自分の不甲斐のない人生を初恋の人の前で恥じ入った。

隆は温かい笑みを浮かべて葉子を労《いたわ》った。

「いろいろあったんだね」

「うん、いろいろあったのよ」

「葉子がこの店を引き継ぐことを幸恵から聞いて楽しみにしていたんだ」

「えっ、そうなの。幸恵はそんなこと教えてくれなかったよ」

「うん、ぼくが内緒にしてくれと頼んだんだ。いつか、びっくりさせようと思ってね」

「そうなの、びっくりしたわ」

「そうか。それなら作戦大成功だな」

「幸恵と二人で、私を騙したのね」

「騙したんではないよ。歓迎したんだよ」

「そう、そうですか。有り難うございます」

葉子にも笑顔がこぼれた。久しぶりに憎まれ口を言った。隆も、楽しそうに笑顔を浮かべた。

たくさんの懐かしい思い出があふれてきた。その一つひとつに相づちを打って語り合った。笑いすぎて涙をふいたり、お箸を動かしたりと忙しかった。

正昭が二人の仲を気づいたのか、ビールとゴーヤーチャンプルーを作って笑顔で持って来てくれた。息子を紹介できることも嬉しかった。

「今日は、イカ汁はないけれど、ゆっくりしていってね」

「あれ、葉子は覚えていたの?」

「覚えていたよ、貸してあげたハンカチまで真っ黒け」

「そうだったね。あのころは楽しかったなあ」

「うん、私も楽しかった……」

隆は、途中からビールを泡盛に飲み替えた。隆のグラスに泡盛を注ぎ、氷を淹れた。こんなたわいもない所作が嬉しかった。

「ぼくはね、ニライの里の常連客なんだよ。葉子に会えて嬉しいよ」

「そうなの。私も嬉しいです」

「今日は、ぼくの秘密をばらそうかな」

「どんな秘密があるの? よかったら聞かせて」

「五十年ぶりに明かす秘密だよ」

「ねえ、どんな秘密なのよ」

葉子も久しぶりに女学生に戻った気分だった。あのころは秘密もたくさんあった。秘密を失うことが大人になることかな、と思うと、少し残念な気もした。

「葉子が、ぼくを港まで見送りに来てくれていたこと、ぼくは知っていたよ」

「えっ、そうなの？」

葉子は驚いた。

「船の上から見えたんだ。ぼくは、葉子が来てくれないかなと思って、首を長くして葉子の姿ばかりを探していたんだ」

「えっ？」

葉子はもう涙をぬぐうのをためらわなかった。

「嬉しかったよ、手は振れなかったけれどね」

「いつの日か、葉子に会えるような気がしていた」

「それから、ぼくにもこの東京でいろいろあってね、ここまできた」

「そうなの……、私も、いろいろあった」

「うん」

隆はうなずいてくれた。うなずいてくれたが、何も問わなかった。

葉子もさすがに夫のことは言いそびれた。たとえ初恋の人であっても、言うべきことと、言うべきでないことはある、と思った。常連の客にも東京へ出て来た理由は、だれにも言わなかった。

「葉子は葉子の人生を歩めばいいさ。平坦な人生だけでないさ。人それぞれだよ。かけがえのない唯一の人生だ。そう言って、ぼくは自分を励ましているんだ」

隆は優しかった。身振りも口ぶりも変わらなかった。

「葉子にもいろいろなことがあったんだろうが、言いたくないことは胸に秘めておけばいいんだよ。秘密のある大人は魅力があるんだよ。何かの本で読んだことがある」

隆は冗談を言いながら笑みを浮かべた。隆は、あのころと同じだった。白髪が交じった分だけ優しさも増していた。

「有り難う、山田隆さん」

葉子はお礼を述べ、涙をぬぐった。

「あれ、おかしいぞ、涙ぐんだりして……」

「いろいろ思い出してね……。ちょっと待ってね、今美味しいものを作ってくるからね」

葉子は涙を隠しながら厨房に戻った。隆が大好きだったポーク卵のおにぎりを作りたいと思った。葉子のアパートにやって来た隆に、作ってあげた思い出の一品だ。今度は葉子が隆をびっくりさせる番だ。

「頑張らなきゃあ……」

葉子は笑顔を浮かべて厨房で小さくつぶやいていた。

12

隆はその日を境に、新しいニライの里の常連客になった。互いに過ごしてきた青春時代を振り返ったり、老いた日々を迎えるまでの日々を遠慮がちに話しあったりした。

ポーク卵にはやはり驚いていた。

「ぼくの大好きなものを覚えていたんだね。あの日のポーク卵……」

隆は口をぽかーんと開けた後、目を丸くして皿の上を見つめていた。葉子は大きくガッツポーズをした。

葉子には、にじむ涙が、悲しみから来るものか、嬉しさから来るものなのか、区別が付かなくなっていた。

話題が沖縄の現状に移ることもあった。隆は沖縄を語る情熱をいまだ失ってはいなかった。辺野古新基地建設反対の東京における取り組みにも参加しているとのことだった。

ところが、次のように語る隆の言葉には驚いた。

「日本復帰は間違っていたかもしれないな」

隆は、熱烈な祖国復帰運動の支持者だったはずだ。そのために東京に行きたいと、葉子たちにも熱心に語っていたはずだ。何があったのだろうか。

葉子にも隆の言葉に気づいたことがあった。

「日本復帰なの？　祖国復帰とは言わないの？」

「言わないよ。ぼくの祖国は沖縄さ」

「えっ、沖縄？　……琉球、とは言わないの？」

「言わないよ。ぼくの祖国は今の沖縄だ。ぼくは沖縄を生きてきた。これからも沖縄を生きるつもりだ」

人はだれもが年齢と共に変わっていくのだろうか。変わらないものと変わるもの、大切なものは、どちらの側にあるのだろうか。両天秤《てんびん》のいずれかに乗った重石の加減によって、不幸と幸せも分配されるのだろうか。

葉子は、隆を見つめた。

「そうなの、沖縄なんだね……。やはり、いろいろとあったのね」

「そう、ぼくにもいろいろあったんだ。間違った過去もある。それでも生きていく。過去と向き合いながらね。過去の自分も確かな自分なのだ。自分でない自分は、いないからね」

「そうだわね……」

「過去と向き合いながら、未来を生きるためには愛するものを見つけなければならない。それがぼくにとっては、やはり沖縄だったんだ。沖縄からは離れられなかった」

葉子もうなずいた。隆は葉子を慰めるための言葉を言っているようにも思われた。自分の過去を振り返る。葉子の過去、葉子にとって愛するものとはなんだろうか。すぐに夫や子どもたちとの日々が思い出される。父や母と過ごしたパラオでの戦争の日々が思い出される。ジャングルの道を歩いて野戦病院に収容された父を見舞った日々も思い出される。家族は二つだ。父の家族と、夫との家族と。どちらの家族も沖縄につながっているような気がする。葉子にも沖縄を生きたがゆえの今があるように思われる。

「ぼくの大きな間違いはね、日本を祖国だと信じたことだ」

「えっ」

「ぼくは、幸恵に店の名前を琉球王国にしたらどうかと進言したことがあるよ」

「そうしたら?」

「王国の名前にするには、店が小さすぎるでしょうって」

隆はそういいながら声をあげて笑った。葉子も幸恵らしいと思って笑い声をあげた。

「大きなお店を持てるようになったら考えてみるわ、だって。でも、幸恵は店を大きくしようとはしなかった。残念だったな」

隆は悪戯っぽく笑った。葉子も笑みを浮かべて言った。

「私もニライの里で充分だわ。琉球王国では大きすぎるわよ。今は、やっと身の丈にあった生き方を見つけたような気がしているのよ」

「そうか、そうだといいね」

「うん、いいことだと思っている。でもね」

「でもね、ってなんだ」

「身の丈に合った生き方って、どんな生き方か、本当はよくは分からないのよ」

「そうだね、それを探す旅かな、人生は」

「いい答えね」

二人で顔を見合わせてうなずきあった。

隆は、東京へ出て様々な職を経由して私立大学の事務職員を定年で退職したという。今は沖縄関係の雑誌や図書を中心に販売する小さな本屋を奥さんと二人で経営しているという。それが生きがいだという。それが隆が見つけた身の丈の生き方なんだろうか。少なくとも無理な生き方ではないように思う。

「そうだなあ、人生とは、それぞれの日々に、それぞれの時に、精一杯生きることかもしれないなあ」

「えっ?」

「身の丈に合った生き方だよ」

「そうだね、それもいい答えね。やっぱり私の憧れの隆先輩は、健在だわ」

「おいおい」

隆は顔を赤らめて照れを隠すように泡盛を飲んだ。葉子が揚げたらっきょうの天ぷらを美味しそうに食べた。

隆は奥さんを連れて葉子の店にやって来ることもあった。岩手県生まれの繁子さんだと紹介してくれた。一人でやって来るときはカウンターに座るだけの寡黙な日もあったが、堰を切ったように饒舌になる日もあった。

隆は、沖縄の悲劇は独立のための戦いを一度も経験していないことだとも言った。米国統治の二十七年間にも、日本国に併合された明治以降の時代にも、差別や圧政に苦しんだにも関わらず沖縄は独立のために武器を持って戦ったことがない。このことが沖縄の悲劇だとも言った。同時にこのことが沖縄の良さなのかも知れないとも言った。そして苦笑を浮かべて次のようにも言った。

「一八七九年の琉球処分以来、沖縄はいつも過渡期だ。沖縄こそが身の丈に合った生き方を探しているのかもしれない。でも沖縄は負けない。苦難があれば強くもなる。そして苦難の続く限り希望を作ることもできる」

隆は、過去を後悔していると言ったが、やはり隆は隆だった。

「沖縄は闘っている。闘っている間は負けたことにはならないさ。困難なときこそ希望を作る。暗闇の中でこそ光が見えるんだ。希望がある限り闘い続ける。それが沖縄の生き方だ。沖縄の身の丈に合った生き方は、希望を捨てないことだ」

泡盛での酔いをまとっていようと、そう言う隆は、やはり憧れの先輩だった。

隆の姉が米兵に拉致され、強姦されて自殺したことも初めて知った。隆はそんな沖縄から逃げだしたかったのかもしれないとも言った。それだけではない。隆の父親は沖縄戦の犠牲者だったのだ。悲劇はだれにも様々な彩りを有して隠れているのだと思った。その分だけ人は強くなれるのだ。

葉子も、隆を頼って辺野古新基地建設反対闘争に加わった。新宿の歌舞伎町通りで辺野古新基地建設反対のチラシを配る。渋谷スクランブル交差点でも署名を求める。通りの客に小突かれたこともあったが、ためらわなかった。それが葉子にもできる身の丈に合った生き方の一つのようにも思われる。一つひとつが積み重なって身の丈になるのだ。

中央区八重洲にある沖縄県人会事務所も訪ねた。ボランティアで手伝っている老夫婦とも親しくなった。隆は縁故のある県民や、かつての事務職員仲間を時々引き連れてニライの里にやって来た。隆の優しさと強さも変わらなかった。苦しさや悲しみの体験が、優しさを作るのだろう。弱い人間ほど優しくなるのだ。優しさは人と人をつなぐことができるのだ。新しい発見だと思って独りでに笑みがこぼれた。

やがて沖縄に住んでいる三人の弟たちも、東京へ出張の際は立ち寄ってくれるようになった。こんな不甲斐ない姉を許してくれるのかと消え入りたい思いもあったが好意を甘んじて受けた。特に俊樹は県教育庁に仕事を得て、仕事での出張の際や、文学を通しての東京在の友人たちもいるようで、懇談の場所によくお店を利用してくれた。家族は幾つあってもいいものだと、つくづく思った。

三人の子どもたちの成長も楽しみだった。長女と長男は結婚もして葉子には孫も誕生していた。子どもや孫たちを東京から応援する日々が葉子には残っていたのだ。このことの発見も嬉しかった。夫との別居は辛かったが、もう少しだ、もう少し頑張って生活が安定すれば、夫を呼び寄せることができると思った。

葉子の心に新たな夢の種子が幾つも蒔かれたように思われた。父が名付けてくれた葉子の名前を励みに、小さな芽を出し、一枚の葉が開いたように思った。その葉がどんな樹をつくるのか。まだ定かには見えなかった。しかし、それが見える日がきっと来る。それまで精一杯畑を耕し水をかけるのだ。そんな予感に身をゆだねて、ニライの里での日々に感謝しながら一日、一日を生きた。歳月はどんな人の上にもあるがままに刻まれ、そして過ぎ去り、そして迎えられる。

こんな何でもないことの発見が葉子には嬉しかった。

時を同じくして、夫からの嬉しい知らせが届いた。アパートが全ての負債を返却出来る金額で売却できると言うのだ。夫の声は弾んでいた。もちろん、葉子も小さくガッツポーズをした。夫が東京へ来るか、葉子が沖縄に戻るか、どちらにするか。そんな葉子の問いにも夫の声は弾んでいた。

「このことは二人の夢にしよう。もう大丈夫だよ。いつでもどちらかを選ぶことができるさ。でも、もう少し待とう。もう少しやり残した仕事がある。もう少し待てばもっと大きな夢になる」

やり残した仕事が何かは、葉子は問わなかった。でもどちらを選んでも楽しい日々になる。そんな夫の言葉を嬉しく思った。ニライの神様も太陽の光も、それぞれの人生に関係なくどちらにも届くのだと思うと、再びガッツポーズをして笑みをこぼした。

13

神様は、やはり幸せだけを与えてはくれなかった。葉子の波瀾の日々は終わってはいなかったのだ。東京での日々に見えた小さな光明は、やがてしぼんでいった。やり残した仕事とはこのことだったのかとも思った。夫の正男が大腸癌で入院したのだ。さらに弟の健治が糖尿病で入院した。二人ともそのような年齢になったからだとは言いきれなかった。

夫は手術が成功し退院することができた。退院しても、日々の生活に留意する自宅療養を余儀なくされたが、命は取り留めた。しかし、弟の健治は退院することができなかった。

健治の闘病生活は壮絶なものだった。健治が多くの病に冒されていることを家族皆が知ったのはパラオへ行った最初の晩だった。同室で宿を取っていた俊樹が、風呂上がりの健治が腿に注射針を立てて自ら注射を打っている光景を見たからだ。

「兄さん、なんなの？　それ……」

「心配しなくてもいい」

「心配しなくてもいいと言われても」

しつこく問いかける俊樹に、健治はやがて観念したように答えてくれたという。

「インシュリン注射だ」

「いつごろから打っているの？」

「もう二年ほどになる」

健治は薬剤師である。自らの健康管理は慎重に行なわれていると思っていたから、俊樹の衝撃は大きかった。健治はそのような状況に陥っていることは、私にも弟たちにも一切言わなかった。その晩に驚いて問いただした俊樹の言葉にためらいながら答えたのだった。数年前からインシュリン注射を打ち続けていること、この旅でも体調がおかしくなり目まいがするとポケットに忍ばせた黒砂糖を舐めていること、などをも告げた。

健治は若いころ、事情があり副業として小さなナイトクラブを経営していた。そのころの無理がたたって健康を害したようにも思われた。また慣れない土地で薬局を経営していることや、父の死、母の死で心身共に蝕まれていたのかもしれない。実際、父が亡くなった数か月後に膵臓の病が発見されて緊急入院を余儀なくされたことがあった。担当医からは、危険な状況だと説明されたが、健治は強い精神力と家族の看病で半年の入院生活を終えて退院することができたのだ。七十キロ余もあった健治の肉体は四十キロほどになって杖を突いての退院だった。それ以来十年余の間、入院したことはなかったが、健治の身体は多くの病に蝕まればろぼろになっていたのだ。ただそのことに自分一人で耐え、あるいは最愛の妻と二人でじっと耐えていたのだ。

葉子は、俊樹が語った健治の状況に狼狽した。東京に出た後は、健治の様子を詳細に知ることはできなかったが、ショックは大きかった。戦時中のパラオで食べ物がなくて、久江の身体に縋り付き、猿のように痩せていた幼い健治を思い出した。

健治は、パラオの旅から帰った数年後に人工透析を行う日々が開始された。さらに数年後に喉に腫瘍が発見され喉を切って声帯を失った。その後も入退院を繰り返し、糖尿病が悪化して壊死した片足を切り捨てた。それでも生きて退院することはできなかった。葉子は父を失い、母を失い、自分より先に二人の弟禎一と健治を失ったのだ。

パラオを生き延びてきた弟健治との様々な思い出が頭をよぎる。そして父と母は、禎一を失った後に生まれたわが子に、何よりも健康を治めよと名付けたであろう健治という名前に対する思いも頭をよぎった。

葉子は、自分より年下の弟が、自分より先に逝くとは思いも寄らなかった。そんな理不尽な死がだれにも訪れるのだ。理不尽な思いと共に葉子を苦しめ不安にした。

人生とはなんぞや。健治の人生とはどのようなものであったのか。まさか死を迎えるためだけの人生ではなかっただろう。生きるためにこそ人生はあったはずだ。父禎治郎の人生はどうだろう。母が誇りとした父の人生だ。母久江の人生はどうだろう。父に寄り添うだけの人生であったのか。

たぶん、だれにでも輝かしい一瞬があったはずだ。自らを支えとする瞬間だ。翻って葉子自身の人生はどうだろう。こんな問いは晩年になるとだれもが抱く問いなのだろうか。この問いの答えは、だれが教えてくれるのだろうか。

葉子は慌てて帰省した健治の通夜の席で、涙を堪えることができなかった。夫正男の判断の甘さとはいえ、弟たちを巻き込んで金銭的な心配をかけた自分の不甲斐なさが悔やまれた。負債した金銭の工面を他人には頼めずに弟たちを保証人にしたが、多くは返済を滞らせ心配をかけた。姉としての不甲斐なさを、父も母も赦してくれるだろうか。健治は文句一つ言わず、いつでも葉子の申し出を受け入れてくれたのだ。

妹の峰子は教職を定年退職した後、体調を崩して夫の世話になっている。妹は学校とスーパーと自宅を結ぶ三角線の上をはみ出そうとはしなかった。妹はただひたすら教職を生きがいとし深く夫を愛した。

峰子の夫は、父親を戦火のフィリピンで徴兵され亡くしていた。綿栽培で成功していた父親を奪われ、幼い三人の子どもを抱えた母親は飢えと闘いながら必死にフィリピンの山中を逃げ回る。生き延びて沖縄へ帰ってきた後も父親を失った四人の生活は困窮を極める。仏壇に飾られた父親の兵服姿は、家族を守ってくれただろうか。

峰子は男の子を二人もうけたが、二人の子どもたちはいずれも県外で活躍している。家に残った夫婦二人の暮らしはいわゆる老々介護の日々である。改めて人生とはなんぞや、という悔しい問いが浮かび上がって来る。

健治の葬儀を終えると、夫の言葉に従って葉子は再び東京へ戻った。東京は憧れていた場所か。本当にニライ・カナイはやって来るのだろうか。葉子には、ふるさとは幾つもあるような気がした。生まれた金武や幼少期を過ごしたパラオ、生まれ育った大兼久と嫁いで住み慣れたコザ市、そして東京……。教師になり正男と出会った楚洲村もふるさとになるのか。年を重ねると余計な問いだけが次から次へと浮かんでくる。問いを抱えた人生こそが有意義な人生だと思いたい。そんな風に自らを鼓舞しても憂鬱さは容易に消えない。

葉子は、ふるさとは幾つあってもいいような気がしたが、父と母こそが葉子のふるさとのように思われた。父と母が、父の闘病生活の中で、死を迎える数週間前にベッドの縁に腰掛けて、二人で窓の外に目を遣りながら声を合わせて「ふるさと」の歌を歌っていた光景がまたもや思い浮かぶ。人生は厳しく、そして寂しく、しかし、美しいのだ。その美しさを信じて生きることのできる人生を手に入れることができたら幸せなんだ。父と母に訪れた光景は幸せな光景なのだ。葉子は無理に笑みを作った。

夫の正男は、退院して小康状態を得て、アパートで暮らすことができるようになった。負債も自力で返済を済ませていた。もう金銭的な不安はなかった。しかし、正男は頑固だった。

「東京へ戻れ」

「自分の看病はいい。東京へ戻れ」

正男は叱りつけるように葉子を諭した。そのように言う夫の理由はよく分からなかった。自分の病が葉子を縛り付けるのを危惧しているようにも思われた。夫の優しさだろうが、優しさが必ずしも正しい判断を導くとは思われなかった。

しかし、葉子も自分の居場所は東京にしかないのだろうかと、徐々に思い始めていた。また、いつでも夫の元へは戻れるような気がした。長く労苦を共にしてきた目に見えない夫婦の絆だ。意を決して再び東京へ戻った。

葉子は、店の常連客が勤務している東京N大学付属病院へ死後献体の手続きをすることを決意した。家族全員の同意が必要とのことだった。弟の俊樹が断っていたが、やがて了承してサインをしてくれた。死を迎える準備をする年齢になったのだ。

夫は、語ることはなかったのだが、一人になりたかったのではなかろうか。幼少のころの家族のいない孤独な日々のように、一人に戻りたかったのではなかろうか。人生は振り返るといつも一人なのだ。

葉子は、苦笑した。だれかの役に立つ人生なんか、なかったのではないかと思うと、苦笑が独りでにこぼれた。夫を息子の正一と娘の和歌子に託して、東京へ戻る決意をしたのだった。

14

夫正男の闘病生活は長く続いた。病だけでなく、だれにも訪れる老いとの闘いでもあった。一人になりたくても、なれないのもまた人生であった。

葉子は正男が再入院したことを聞きつけてすぐに帰省した。正男は大腸癌だけでなく、心臓や肺の病などを抱えていた。しばらくは正男の看護に専念するために「ニライの里」の営業を息子の正昭に委ねた。そのまま譲ることになっても、それでいいと思った。息子が生活の手段にしてくれれば、それはそれでまたよしとしたかった。

葉子の東京での生活も既に二十年余が経過していた。随分長い歳月のようにも思われたが、一瞬の日々であったようにも思われる。それほどに無我夢中で働いたことになるのだろうか。

「迷惑をかけたな……」

正男がベッドから身体を起こすようにして顔を上げて葉子に言う。

「迷惑ではありませんよ、夫婦ですもの」

「そうか、夫婦か……」

「私こそ迷惑をかけました。長く東京へ居すぎました」

「いや、そんなことはないさ」

正男の目から涙がこぼれている。

「夫婦はいいな、と思って」

「おかしいですよ。涙なんかこぼして」

「うん、いろいと思い出してな。お前にたくさんの迷惑だけをかけたような気がしてな」

「そんなことはありませんよ」

「そうか、そうだといいのだがな……。私は無理をし過ぎたのかもしれない」

「えっ、何のこと？」

「お前を嫁さんにしたことさ。お前たちの家族が眩しすぎてな。私も仲間に入りたいと思ったんだ」

「仲間に入ったではありませんか」

「うん、そうだな。有り難う。感謝しているよ。でも私はお前を幸せにするために焦りすぎたのかもしれない。力みすぎたのかもしれない。随分と乱暴なことをしてきたような気がするんだ」

「そんなことはありませんよ。あなたはいつでも誠実で、優しかったです。どんな日々にも精一杯頑張ってきたではありませんか」

「そうだな、でも、それが報われなかった。空回りしたんだ、私の人生は」

「空回りの人生なんかありませんよ。それも人生です」

「そうだな、よくこんな私を見捨てずについてきたな」

夫は涙を浮かべている。葉子は思わず強く言い放った。

「あなたと一緒の人生、これが私の人生だったのです」

「そうか……、有り難うな」

「おかしいですよ、お礼なんて。夫婦ですよ」

「そうだな、夫婦だよな」

正男は涙を堪えながら笑顔を浮かべた。どこかで安心したように再び仰向けになり小さな声でつぶやいた。

「夫婦はいいな」

葉子はそんな正男を見て笑みを浮かべ、薄い毛布を掛けてやる。

「親父は許してくれるかな」

「親父って?」

「禎治郎親父さ。お前の親父は、私の親父でもあった。約束したんだよ。必ずお前を幸せにするって」

「……」

「それが苦労のかけっぱなしだ。あっちに逝ったら、どうやって謝ろうかな」

「謝る必要なんかありませんよ。父はきっとあなたを温かく迎えてくれますよ。正男、よく頑張ったなって」

葉子は、そう言った後で、本当にそんな気がしてきた。父は他人を許せる人だったんだ。それだから、私を正男の嫁にやったような気がした。

正男の言葉を聞いて、正男と生きて来た人生は意味のあることだったんだと思えてきた。二人で歩んできた道程は起伏に富んでいたが、いつでも夫婦だった。こんな正男に父は、私を委ねたんだろう。

「お前と結婚したことを、後悔することもあった」

「えっ、後悔？」

「そう、私の高望みだったんだなって。お前にはもっと豊かな人生があったはずだがなって」

「お父さん！」

「……」

「そんなことを言うと怒りますよ」

「うん、分かった。悪かった。感謝しているんだ。私にはできすぎた女房だった。感謝の思いを伝えたくてな。有り難う。私の遺言だ」

「お父さん！」

葉子に叱られて、正男はしばらく口をつぐんだ。

葉子には寂しい時間だったが、あるいは嬉しい時間であったかもしれない。久しぶりの夫婦の時間だ。正男はいつでも優しかったのだ。

正男を東京へ呼び寄せる夢は断念した。断念した夢は多かったが、成就した夢だって幾つかはあったはずだ。逆に潰え去った夢も幾つかあっただろう。ひょっとしたら、二つの夢は釣り合っているのかもしれない。

正男の寝顔を見ながら葉子は幼いころからの夢を数えてみた。

それから、しばらくして葉子も病に倒れた。病院での正男との時間を終えて自宅に戻り、目まいがして気分が悪くなりベッドに横になったが、そのまま起き上がれなくなった。かつて葉子が経営していた食堂を、今は仮住まいのようにして利用していたのだが、倒れたままの姿で娘の和歌子に発見された。

葉子も入院を余儀なくされた。夫は小康状態を得て介護施設へ移された。それぞれが、別々の場所で死を迎えるのかと思うと寂しくなったが、葉子は半ば観念した。

点滴を受けていると、父の姿が思い出された。葉子と同じ姿勢で父も点滴を受けていた。家族皆で父を逝かせまいとして必死に闘った日々が思い出される。

病室のベッドで横になっていると未来が見えない。過去の日々だけが蘇ってくる。父は病の日々を、どのように過ごしていたのだろう。

母久江の遺品から、使い古した手帳と一緒に父の恋文を発見したのは、葉子が東京へ渡る直前だった。久江に認知症の徴候が出て介護施設に入院する晩年の一年間を、葉子は痴呆症の母を引き取って一緒に暮らしたことがある。母の日々に葉子の泣き笑いの日々を重ねて過ごしたが、かけがえのない日々であったことを今さらのように感謝して思う。その時に発見した恋文を、久江が大事にしまっていたように、葉子もまた大事に抱えていた。若いころに輝いていた父と母の日々が、母には生きる力になったのだ。認知症を患った母にも大切な手紙であることが分かっていたのだろうか。

葉子は入院したら、再び退院できないかと思って、バッグに入れてきた。

もう一度、身体を起こして父の恋文を読む。

拝啓

富岡久江様。今日の海は荒れていました。ヤンバルの海の機嫌はやはり予測できません。これではお前を幸せにすることができない。お前を幸せにするために、ぼくは海の男になることをやめることにしました。お前を幸せにする一番いい方法は何か、ずっと考え続けています。考えることが幸せな日々につながるのだと思うと、これもまた楽しい。

お前と結婚の約束をしてから、ますます愛の力を信じている。その思いは日々大きくなっていく。人を愛することが生きる力になることを実感している。お前を愛することは、自分を生きることだったんだ。

お前との出会いは、きっと神様が決めたことなのだ。信じてもいない神様だって信じたくなる。信じられないものを信じるようになることが愛の力かもしれない。愛することは生きることを肯定することなんだ。ぼくは、お前と二人で夢を見て、夢を育てる日々を容易に想像することができる。お前と一緒なら、どんな日々にも耐えていけそうだ。

ぼくは、今日荒れた海を見て、海よりも強くお前を愛していることを実感した。海よりも激しく深くお前を愛することを誓う。お前の傍らで大きな海になることを誓う。幸せな時も、病める時も、ぼくはお前の傍らにいることを誓うことができる。

ぼくは今、小さく芽生えた教師になる夢を育てようかと思っている。小さな夢を叶える大志を抱いている。二人の新しい家族をつくろう。どこにいても、どんな時も、お前を愛していくことをふるさとの海や山に絶対に誓う。そしてきっと幸せになる方法を見つけてみせる。人を信じること、一本の樹になる勇気を持つこと。ぼくはお前と出会えて幸せだ。二人の庭をつくろう。家族の庭だ。豊かな木を育てよう。二人の子どもたちが笑っている。そんな日を夢見ている。夢見る日々に感謝しながら。

敬具

昭和八年六月九日

大浜禎治郎

富岡久江様

長い歳月が過ぎたのだ。父が十九歳の時のラブレターだ。まだ世間の荒波も知らず、戦争の足音も聞こえなかった若い父の初々しいラブレターだ。それだけに一途な思いが迸《ほとばし》っている。人を愛することの素晴らしさ、人と出会うことの素晴らしさを語っている。今もなお、色あせることのない永遠のラブレターだ。

母は、そんな父に愛されてきっと幸せだっただろう。父の臨終のベッドで肩をくんで「ふるさと」の歌を歌った母は、幸せであったはずだ。苦しさと幸せは交互にやって来るのではない。同時にやって来るのだ。それでも母は、いつも幸せだったはずだ。それだけに後生大事にしまっていたのだろう。

葉子もまた父や母と同じように激しく家族を愛した。精一杯、人間を愛したのだ。愛することが生きる力になったのだ。

葉子は病室のベッドで静かに目を閉じる。悔いの多い人生であったが、決して不幸ではなかった。父や母に会ったらそう伝えたい。あなたたちの娘である葉子は、あなたたちが大きな木を育てる一枚の葉になれと願ったように、精一杯生きたのだと。雨の日も風の日も、大木を仰ぎ見る日を夢見て精一杯自分を生ききったのだと。父さんが私のために、結婚相手に選んでくれた正男さんより先に逝くことになるのは不本意だけど、これもまた私の人生なんだ。

父さん、母さん……。何だか夢と現実は追いかけっこみたいだよ。どちらが先か分からない。でも確かに生ききった私の人生。涙は流さない。私に与えられたそれぞれの日々、それぞれの時を生ききったのだ。

戦後八十年、私はもうすぐ九十歳になる。私は私の日々を生き続けているのだ。私の今を余生だとは言うまい。私の夢見た日々は今も続いているのだから。

枕辺に夫がやって来て手を握ってくれたような気がする。いや手を握ってくれたのは、父さんだったか、母さんだったか、それとも子どもたちだったか、弟たちだったか、判然としない。どれも本当のことのような気もする。夢かもしれない。でもどちらでもいい。どんな日々にもどんな時にも精一杯生きた。家族を愛した。人間を愛した。脆い人間の命を生きたのだという自負がある。人生は夢であり、また夢でない。そんな感慨さえ真実のように思われる。

葉子は息を整えると静かに目を閉じた。目を閉じると、開いていた時以上に見えるものがある。でも、もう二度と開けることができないような気がする。

再び葉子と名付けた父や母の思いが蘇ってきた。忘れかけていた母の胸に抱かれて、甘い匂いを嗅いだようにも思った。

それぞれの日々、それぞれの時。だれにも訪れるかけがえのない日々。父の本棚を思い出す。夫の夢を思い出す。沖縄を生きた二つの家族、父の家族と私の家族。いや、妹の家族と弟の家族、この世に生を受けたたくさんの家族。唯一無二の軌跡を生きたたくさんの家族の物語を生きる力にして、私は生きてきたのだ。幾山河、越えさり行かば寂しさのはてなむ国ぞ……。

〈了〉

【注記1】

登場人物の何人かにはモデルがいますが、作品はフィクションです。

【注記2】

作品の執筆に当たって参考にした主な資料・文献は次のとおりです。


『沖縄県地名大辞典』角川日本地名大辞典編纂委員会、1986年7月8日、角川書店。

『夫の歩んだ道』大城喜久江、1983年12月20日、私家版。

『写真記録　沖縄戦後史』沖縄タイムス社編集、1987年10月19日、沖縄タイムス社。

『激動八年―屋良朝苗回想録』屋良朝苗、1985年11月30日、沖縄タイムス社。

『大兼久誌』平良泉幸、山川東軒編集、1991年5月25日、コロニー印刷。

『大宜味村史　通史編』大宜味村史編集委員会、1979年3月31日、大宜味村。

『沖縄の歩み』国場幸太郎／新川明・鹿野政直編、2019年6月14日、岩波書店。

『小さな大学の大きな挑戦―沖縄大学50年の軌跡』編集委員会、2008年6月10日、

大城　貞俊

（おおしろ さだとし）

一九四九年沖縄県大宜味村に生まれる。元琉球大学教育学部教授。詩人、作家。県立高校や県立教育センター、県立学校教育課、昭和薬科大学附属中高等学校勤務を経て二〇〇九年琉球大学教育学部に採用。二〇一四年琉球大学教育学部教授で定年退職。

主な受賞歴

沖縄タイムス芸術選賞文学部門（評論）奨励賞、具志川市文学賞、沖縄市戯曲大賞、九州芸術祭文学賞佳作、文の京文芸賞最優秀賞、山之口貘賞、沖縄タイムス芸術選賞文学部門（小説）大賞、やまなし文学賞佳作、さきがけ文学賞最高賞、琉球新報活動賞（文化・芸術活動部門）などがある。

主な出版歴

詩集『夢（ゆめ）・夢夢（ぼうぼう）街道』（編集工房・貘）一九八九年／評論『沖縄戦後詩人論』（編集工房・貘）一九八九年／評論『沖縄戦後詩史』（編集工房・貘）一九八九年／小説『椎の川』（朝日新聞社）一九〇三年／評論『憂鬱なる系譜―「沖縄戦後詩史」増補』（ZO企画）一九九四年／詩集『或いは取るに足りない小さな物語』（なんよう文庫）二〇〇四年／小説『記憶から記憶へ』（文芸社）二〇〇五年／小説『アトムたちの空』（講談社）二〇〇五年／小説『運転代行人』（新風舎）二〇〇六年／小説『G米軍野戦病院跡辺り』（人文書館）二〇〇八年／小説『ウマーク日記』（琉球新報社）二〇一一年／大城貞俊作品集〈上〉『島影』（人文書館）二〇一三年／大城貞俊

作品集〈下〉『樹響』（人文書館）二〇一四年／『「沖縄文学」への招待』琉球大学ブックレット（琉球大学）二〇一五年／『奪われた物語―大兼久の戦争犠牲者たち』（沖縄タイムス社）二〇一六年／小説『一九四五年チムグリサ沖縄』（秋田魁新報社）二〇一七年／小説『カミちゃん、起きなさい！生きるんだよ』（インパクト出版会）二〇一八年／小説『六月二十三日アイエナー沖縄』（インパクト出版会）二〇一八年／『椎の川』コールサック小説文庫（コールサック社）二〇一八年／評論『抗いと創造―沖縄文学の内部風景』（コールサック社）二〇一九年／小説『海の太陽』（インパクト出版会）二〇一九年／小説『沖縄の祈り』（インパクト出版会）二〇二〇年／評論集『多様性と再生力―沖縄戦後小説の現在と可能性』二〇二一年（コールサック社）／小説『風の声・土地の記憶』（インパクト出版会）二〇二一年／小説『この村で』（インパクト出版会）二〇二二年／小説『蛍の川』（インパクト出版会）二〇二二年。／小説『父の庭』（インパクト出版会）二〇二三年／小説『ヌチガフウホテル』（インパクト出版会）二〇二三年／大城貞俊未発表作品集　第一巻　小説『遠い空』　第二巻　『逆愛』　第三巻　『私に似た人』　第四巻　『にんげんだから』（インパクト出版会）二〇二三年／『土地の記憶に対峙する文学の力―又吉栄喜をどう読むか』（インパクト出版会）二〇二三年。

父の庭
大城貞俊 著　四六判並製 260 頁　2000 円＋税　23 年 2 月刊
父の死を看取り、母の老いを共に生きる主人公には、父と母の命が引き継がれている。だれもが死を迎え、だれもが老いる。本作品はフィクションではないし、いわゆるノンフィクションでもまたない。
ISBN 978-4-7554-0327-9

ヌチガフウホテル
大城貞俊 著　四六判並製 310 頁　2000 円＋税　22 年 5 月刊
ラブホテルで殺人事件が起こり、ここで働く沖縄を生きる６人の女に嫌疑がかかる。
ISBN 978-4-7554-0328-6

遠い空　大城貞俊未発表作品集 第一巻
大城貞俊 著　四六判並製 416 頁　2000 円＋税　23 年 11 月刊
遠い空／二つの祖国／カラス（烏）／やちひめ　他　解説・小嶋洋輔
ISBN 978-4-7554-0337-8

逆愛　大城貞俊未発表作品集 第二巻
大城貞俊 著　四六判並製 404 頁　2000 円＋税　23 年 11 月刊
逆愛／オサムちゃんとトカトントン／ラブレター　他　解説・柳井貴士 ISBN 978-4-7554-0338-5

私に似た人　大城貞俊未発表作品集 第三巻
大城貞俊 著　四六判並製 442 頁　2000 円＋税　23 年 11 月刊
私に似た人／夢のかけら／ベンチ／歯を抜く　他　解説・鈴木智之
ISBN 978-4-7554-0339-2

にんげんだから　大城貞俊未発表作品集 第四巻
大城貞俊 著　四六判並製 416 頁　2000 円＋税　23 年 11 月刊
劇には希望が必要だ。第Ⅰ部　朗読劇　第Ⅱ部　戯曲　解説・田場裕規
ISBN 978-4-7554-3008-4

土地の記憶に対峙する文学の力　又吉栄喜をどう読むか
大城貞俊 著　四六判並製 307 頁 2300 円＋税　23 年 11 月刊
又吉栄喜の描く作品世界は、沖縄の混沌とした状況を描きながらも希望を手放さず、再生する命を愛おしむ。広い心の振幅を持ち、比喩とユーモア、寓喩と諧謔をも随所に織り交ぜながら展開する。
ISBN　978-4-7554-0341-5

大城貞俊の著作（インパクト出版会発行）

カミちゃん、起きなさい！生きるんだよ。
大城貞俊 著　四六判並製 256 頁　1800 円＋税　18 年 4 月刊
沖縄の歴史に翻弄されながらも希望を失わなかった人生。
ISBN 978-4-7554-3001-5

六月二十三日 アイエナー沖縄
大城貞俊 著　四六判並製 283 頁　1800 円＋税　18 年 8 月刊
この土地に希望はあるのか？　沖縄の戦後を十年ごとに刻む。
ISBN 978-4-7554-3002-2

海の太陽
大城貞俊 著　四六判並製 328 頁　1800 円＋税　19 年 5 月刊
灼熱の砂漠インドのデオリ収容所。この愛、だれが信じるか。
ISBN 978-4-7554-3003-9

沖縄の祈り
大城貞俊 著　四六判並製 294 頁　1800 円＋税　20 年 4 月刊
沖縄、抗う心の記録を創作！　沖縄戦から戦後へ、生き継がれた命のことば。
ISBN 978-4-7554-3004-6

風の声・土地の記憶
大城貞俊 著　四六判並製 294 頁　2000 円＋税　21 年 6 月刊
沖縄戦を織りなすことで浮かび上がる戦争と平和。併載「マブイワカシ綺譚」
ISBN 978-4-7554-3008-4

この村で
大城貞俊 著　四六判並製 334 頁　2000 円＋税　22 年 3 月刊
やんばるに生きてきた人々を描き出した 7 作品を収録。
ISBN 978-4-7554-0318-7

蛍の川
大城貞俊 著　四六判上製 200 頁　2000 円＋税　22 年 3 月刊
「椎の川」の続編。ハンセン病と戦争の痛みを抱えた花雲ヌ物語。
ISBN 978-4-7554-0317-0

それぞれの日々、それぞれの時

2025年4月28日　初版 第1刷 発行

著　者

大城　貞俊

装　幀

宗利　淳一

発行人

川満　昭広

発　行

株式会社インパクト出版会

東京都文京区本郷2-5-11　服部ビル2F

Tel03-3818-7576　Fax03-3818-8676

impact@jca.apc.org　http://impact-shuppankai.com/

郵便振替　00110-9-83148

印刷・製本　モリモト印刷